ANTO
FÁGICA
MAR 10
9 PM
1883

POEMAS

DE

CASTRO ALVES

ILUSTRAÇÕES

DE

MULAMBÖ

Coordenação editorial .... **Iuri Pavan**
Editorial .... **Roberto Jannarelli**
.... **Victoria Rebello**
Comunicação .... **Mayra Medeiros**
.... **Pedro Fracchetta**
.... **Gabriela Benevides**
Cotejo...................................... **Letícia Côrtes**
Revisão .... **Eliana Moura**
.... **Laura Folgueira**
Diagramação .... **Desenho Editorial**
Capa e projeto gráfico.......... **Oga Mendonça**

Poemas selecionados por

Luiz Henrique Oliveira

Textos de

Pétala e Isa Souza
Luiz Henrique Oliveira
Elisa Lucinda
Tom Farias
Monica Lima

Têm asas de albatroz

Daniel Lameira
Luciana Fracchetta
Rafael Drummond
&
Sergio Drummond

CASTRO ALVES

ANTOFÁGICA

Sobre esta edição

Esta edição se baseia no texto do segundo volume das *Obras completas de Castro Alves*, organizado por Afrânio Peixoto, publicado pela Francisco Alves, no Rio de Janeiro, no ano de 1921 e digitalizado pela Biblioteca Brasiliana Guita e José Mindlin, da Universidade de São Paulo (USP). Nos casos de dúvidas, consultamos a terceira edição da *Obra completa* organizada por Eugênio Gomes e publicada pela Nova Aguilar, no Rio de Janeiro, em 1976. A ortografia foi atualizada, mas mantivemos a grafia original nos casos em que ela é importante para a métrica.

As notas procuraram dar conta do acervo gigantesco de referências e alusões literárias, históricas e culturais que Castro Alves mobiliza e que, muitas vezes, foge do horizonte do leitor contemporâneo. Elas têm a função de elucidar sucintamente nomes, termos e expressões que caíram em desuso ou que foram tomados pelo esquecimento histórico. No poema "O navio negreiro", para a melhor experiência de leitura, elas foram dispostas ao fim. Nos outros poemas, no rodapé.

A publicação de "O navio negreiro" foi pensada em conjunto com as artes de Mulambö e design de Oga Mendonça, a fim de oferecer uma experiência de leitura também visual. O poema segue na íntegra, sem cortes, porém com algumas liberdades de diagramação em trechos pontuais. Para ler "O navio negreiro" sem as artes, escaneie o QR code a seguir.

Apresentação

por Pétala e Isa Souza

Nós duas lemos Castro Alves em momentos distintos: uma leu na escola, e a outra, já num contexto de maior entendimento da história social dos negros no Brasil.

Na escola, apresentado como "poeta dos escravos", o autor despertou uma atenção que imaginamos não ser incomum entre estudantes negros sem referenciais de pensadores negros. Essa falta colaborou para que, ao dar de cara com um grande nome da literatura que se dedicava a pensar a escravidão, o poeta branco abolicionista produzisse uma irrecusável imagem de esperança na humanidade.

A memória da escola também faz lembrar que a emoção dos versos do poeta é sentida dentro dos limites do ensino branco, num momento raro em que a professora despende tempo para pontuar alguma extensão do sentimento das pessoas negras diante dos absurdos da nossa história. Essa mesma professora não fez questão de passar, como tarefa de casa, a leitura da obra de Castro Alves seguida de uma redação sobre a experiência, como fazia com outros autores. Já pensou o que as crianças poderiam ter escrito? Mas a aula em questão se ateve apenas a apresentar a figura do "poeta dos escravos", sem espaço para a potencialidade das imagens expostas em sua obra. Por isso, manteve-a em um campo imaginário, insuficiente para responder o que, afinal, poderia fazer de um homem branco o poeta dos escravizados.

É por essa razão que, neste momento mais recente, a provocação que a alcunha nos causa atravessou toda a nossa leitura da obra de Castro Alves. O que significa ser poeta dos escravizados? Essa pergunta nos fez buscar o sentido concreto das imagens que sua poesia produz. Ao lê-la, quisemos entender o quanto e como ela toca a realidade das pessoas negras. *Poeta. Dos. Escravizados.* A expressão em si produz imagens que colocam juntos o lirismo da poesia e o horror absurdo da escravidão.

Com essas contraposições imagéticas em mente, quando lemos o clamor nos versos "Senhor Deus dos desgraçados! / Dizei-me vós, Senhor Deus! / Se é loucura... se é verdade / Tanto horror perante os céus?!", o que nos ocorre é a lembrança dos afrossurrealistas, que, nas palavras de D. Scot Miller, "reconhecem que a natureza (também a natureza humana) cria mais experiências surreais do que qualquer outro processo teria a esperança de produzir"[1]. Se é loucura,

---

1 MILLER, D. Scot. Um manifesto do Afro-Surreal. Tradução: Stephanie Borges. 3 set. 2018.

se é verdade, é certo que o horror experienciado pelas vidas negras habita essas duas dimensões.

Na poesia de Castro Alves, sua observação do corpo negro e da conjuntura que o tortura, quando reproduz imagens assombrosas até mesmo em paisagens líricas, toca facilmente a interseção do absurdo e do real. O assombro nos versos de Castro Alves é uma reação ao horror imposto às pessoas negras e enfatiza o quanto são grotescas, tal qual "um sonho dantesco", as relações construídas pelo delírio – que se faz projeto – de superioridade branca.

Existe um caráter inventivo em projetos de dominação, e é ele que permite esse encontro do real com o absurdo nas construções sociais. É nisso que consiste o racismo como ferramenta de colonização. Como Achille Mbembe bem explicou, "a raça não passa de uma ficção útil, de uma construção fantasista"[2] a serviço das narrativas que legitimam os horrores de um sistema de opressão.

Castro Alves escreveu poemas que mostram seu próprio desvio do egocentrismo branco. Sua relevância como poeta está em desafiar esse projeto de dominação ao tentar romper com a desumanização de pessoas negras, retratando como ele as enxergava em sua realidade. Nessa tentativa de rompimento e na ênfase do quanto a vida negra é surreal no agora, a poesia de Alves narra imagens que confrontam a consciência coletiva de seu tempo, criada pela colonialidade. O real comunicável e o absurdo incomunicável deixam de ser percebidos como contraditórios e ganham igual concretude nas imagens descritas pelos seus versos.

---

2 MBEMBE, Achille. *Crítica da razão negra*. Tradução: Marta Lança. Lisboa: Antígona, 2014. p. 27.

Esse olhar crítico da poesia de Castro Alves sobre seu próprio tempo estende a sua pertinência para além dele. Os poemas que encontramos neste livro assimilam o seu presente histórico na espiral dos séculos, abarcando esse tempo histórico e sua fluência na terrível realidade do agora.

E da roda fantástica a serpente
Faz doudas espirais...

É desse lugar de observação crítica do seu tempo-espaço que a poesia de Castro Alves, como a águia do oceano em "O navio negreiro", mergulha fundo e traz para o primeiro plano sua visão inconformada do "quadro d'amarguras" formado pela experiência surreal dos negros num mundo branco.

REFERÊNCIAS

MBEMBE, Achille. *Crítica da razão negra*. Tradução: Marta Lança. Lisboa: Antígona, 2014.

MILLER, D. Scot. Um manifesto do Afro-Surreal. Tradução: Stephanie Borges. 3 set. 2018. Disponível em: https://stephieborges.medium.com/um-manifesto-do-afro-surreal-25206a0bbdc1. Acesso em 15 fev. 2022.

Pétala e Isa Souza são irmãs, coautoras em *Vozes negras* e *Raízes do amanhã* e pesquisadoras de Afrofuturismo. Juntas, fazem o perfil @afrofuturas, em que falam sobre ficção especulativa, decolonidade e representatividade na literatura.

O NAVIO
TRAGÉDIA NO MAR
NEGREIRO

I

'STAMOS[1] EM PLENO MAR... Doudo[2] no espaço

Brinca o luar – dourada borboleta;

E as vagas após ele correm... cansam

Como turba[3] de infantes[4] inquieta.

'STAMOS EM PLENO MAR... Do firmamento[5]
Os astros saltam como espumas de ouro...
O mar em troca acende as ardentias[6],
– Constelações do líquido tesouro...

'STAMOS EM PLENO MAR... Dois infinitos
Ali se estreitam num abraço insano
Azuis, dourados, plácidos, sublimes...
Qual dos dois é o céu? qual o oceano?...

'STAMOS EM PLENO MAR... Abrindo as velas
Ao quente arfar das virações marinhas,
Veleiro brigue[7] corre à flor dos mares,
Como roçam na vaga[8] as andorinhas...

Donde vem? onde vai? Das naus[9] errantes
Quem sabe o rumo se é tão grande o espaço?
Neste Saara os corcéis o pó levantam,
Galopam, voam, mas não deixam traço.

Bem feliz quem ali pode nest'hora
Sentir deste painel a majestade!...
Embaixo – o mar... em cima – o firmamento...
E no mar e no céu – a imensidade!

Oh! que doce harmonia traz-me a brisa!
Que música suave ao longe soa!
Meu Deus! como é sublime um canto ardente
Pelas vagas sem fim boiando à toa!

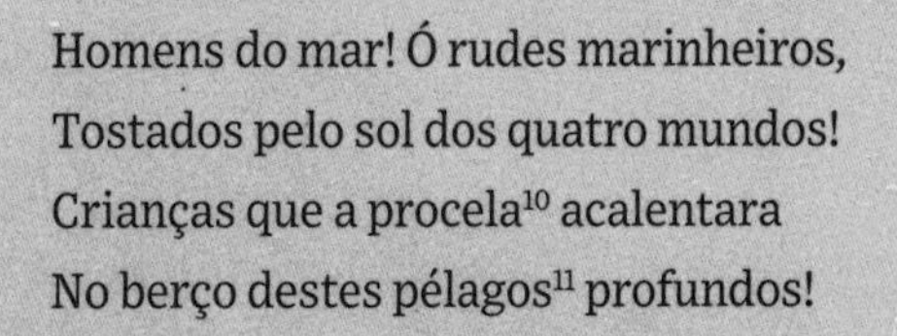

Homens do mar! Ó rudes marinheiros,
Tostados pelo sol dos quatro mundos!
Crianças que a procela[10] acalentara
No berço destes pélagos[11] profundos!

Esperai! esperai! deixai que eu beba
ESTA SELVAGEM, LIVRE POESIA...
Orquestra – é o mar, que ruge pela proa,
E o vento, que nas cordas assobia...

Por que foges assim, barco ligeiro?
Por que foges do pávido[12] poeta?
Oh! quem me dera acompanhar-te a esteira
Que semelha no mar – doudo cometa!

Albatroz! Albatroz! **ÁGUIA DO OCEANO,**
Tu que dormes das nuvens entre as gazas,
Sacode as penas, **LEVIATÃ[13] DO ESPAÇO,**

ALBATR
ALBATRO
DÁ-ME
ESTAS
ASAS.

II

Que importa do nauta o berço,
Donde é filho, qual seu lar?
Ama a cadência do verso
Que lhe ensina o velho mar!
Cantai! que a morte é divina!
Resvala o brigue à bolina[14]
Como golfinho veloz.
Presa ao mastro da mezena[15]
Saudosa bandeira acena
Às vagas que deixa após.

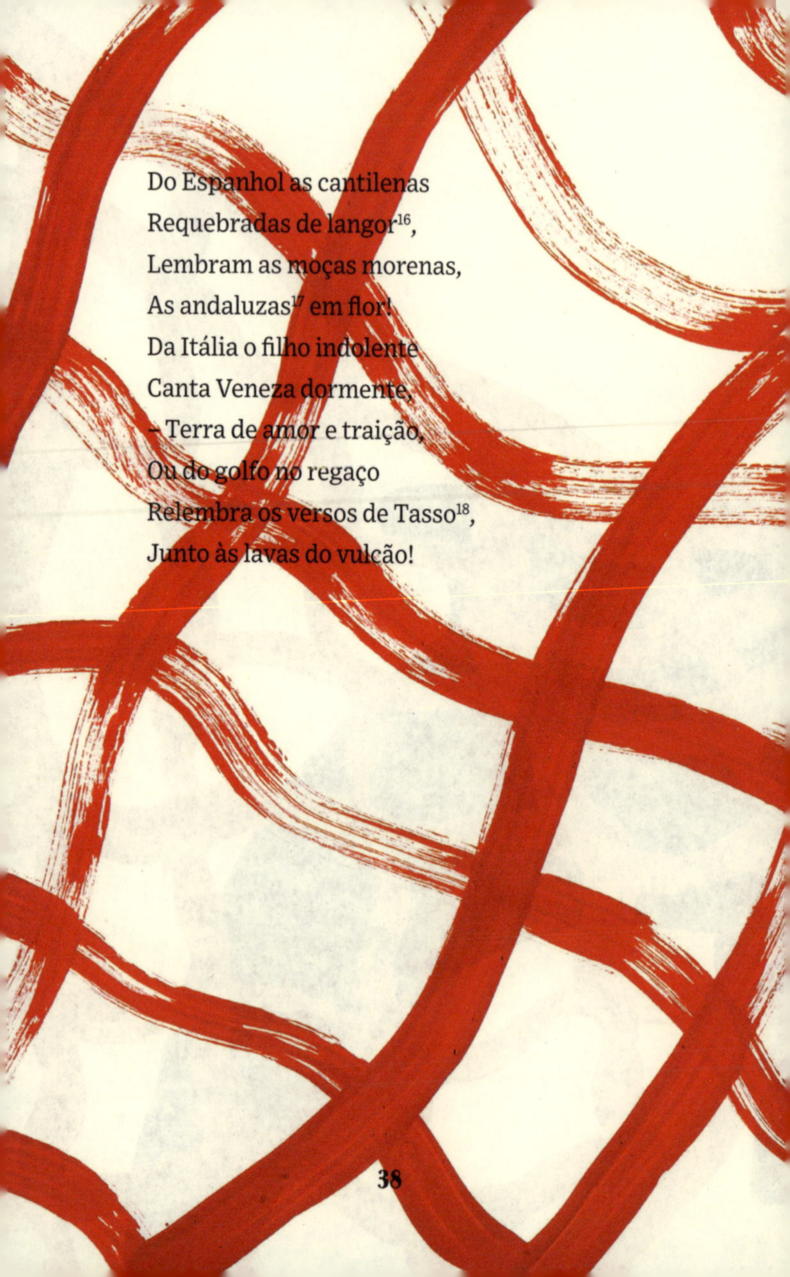

Do Espanhol as cantilenas
Requebradas de langor[16],
Lembram as moças morenas,
As andaluzas[17] em flor!
Da Itália o filho indolente
Canta Veneza dormente,
– Terra de amor e traição,
Ou do golfo no regaço
Relembra os versos de Tasso[18],
Junto às lavas do vulcão!

O Inglês – marinheiro frio,
Que ao nascer no mar se achou,
(Porque a Inglaterra é um navio,
Que Deus na Mancha[19] ancorou),
Rijo entoa pátrias glórias,
Lembrando, orgulhoso, histórias
De Nelson[20] e de Aboukir...
O Francês – predestinado –
Canta os louros do passado
E os loureiros do porvir!

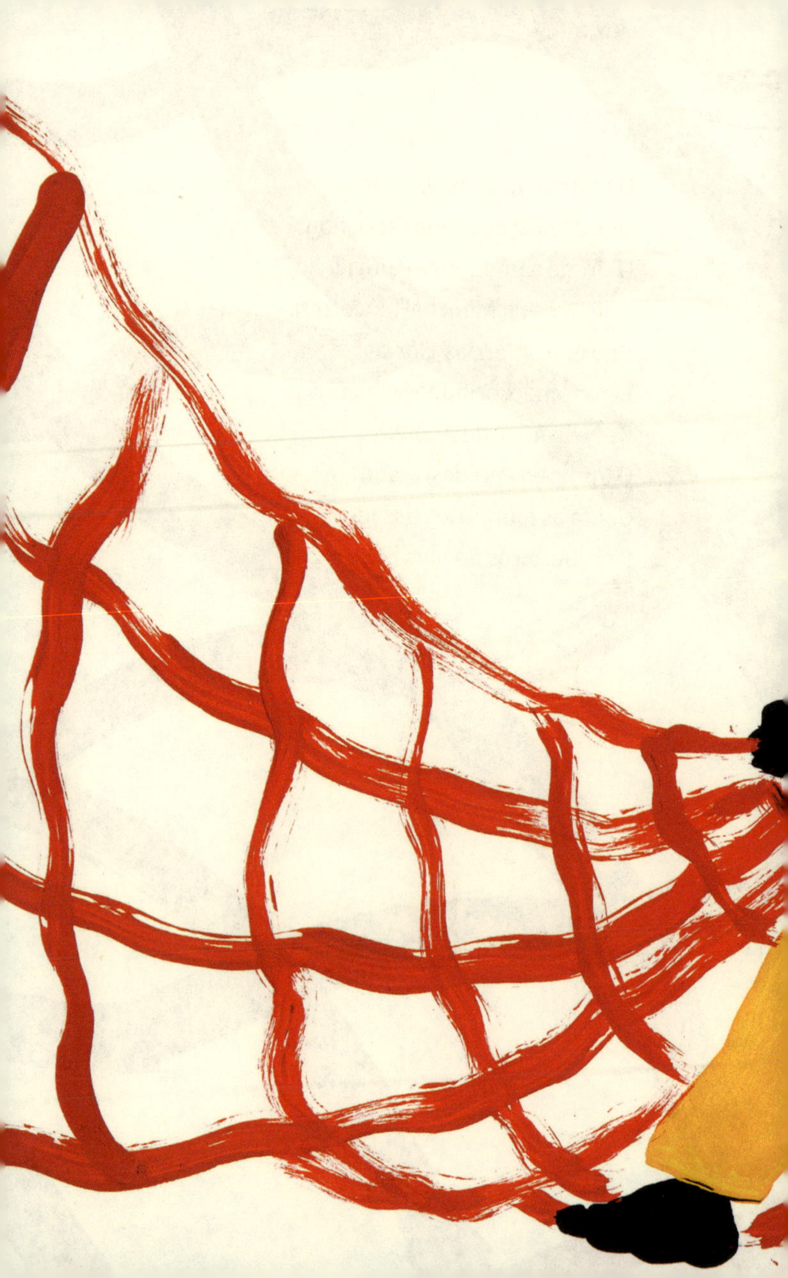

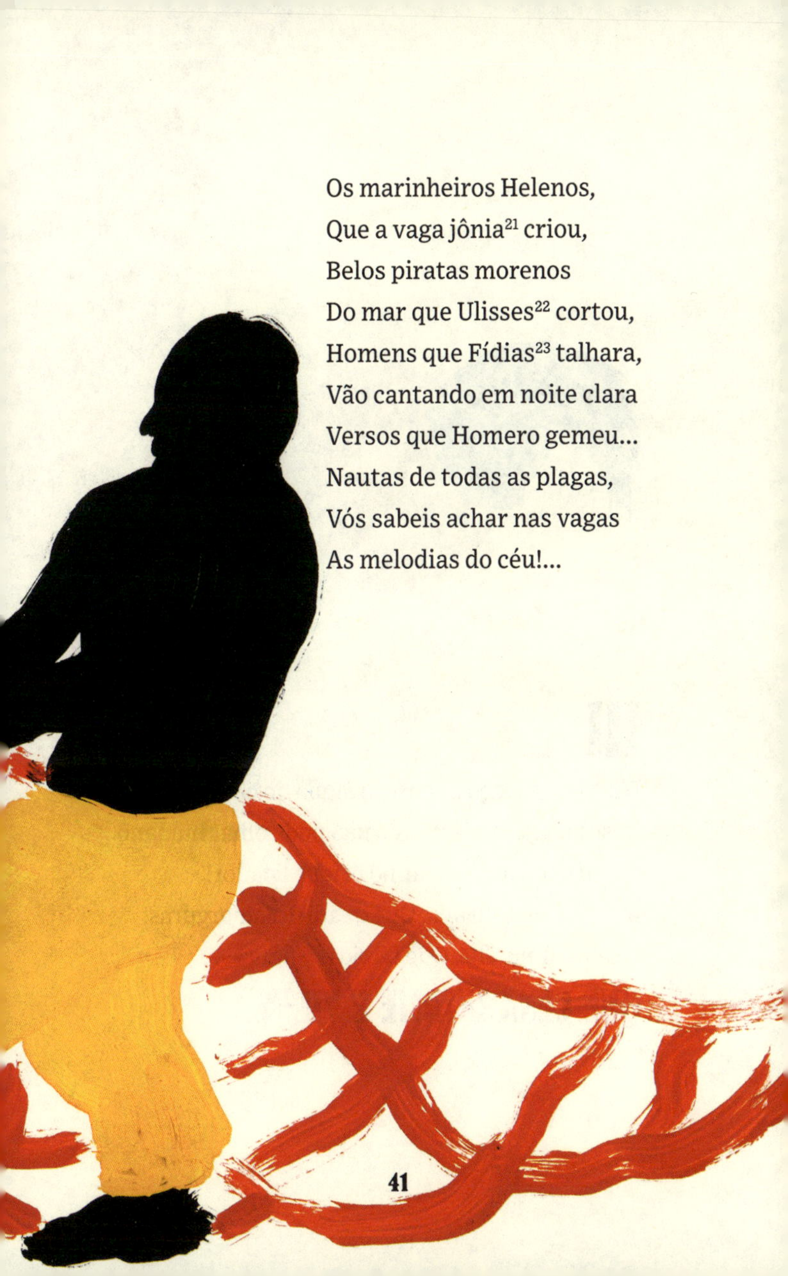

Os marinheiros Helenos,
Que a vaga jônia[21] criou,
Belos piratas morenos
Do mar que Ulisses[22] cortou,
Homens que Fídias[23] talhara,
Vão cantando em noite clara
Versos que Homero gemeu...
Nautas de todas as plagas,
Vós sabeis achar nas vagas
As melodias do céu!...

III

Desce do espaço imenso, ó águia do oceano!
Desce mais... inda mais... não pode olhar humano
Como o teu mergulhar no brigue voador!
Mas que vejo eu ali... Que quadro d'amarguras!
É canto funeral!... Que tétricas[24] figuras!...

QUE CENA INFAME E VIL[25]!...

MEU DEUS!

MEU DEUS!

UE

ROR!

IV

Era um sonho dantesco[26]... o tombadilho[27]
Que das luzernas avermelha o brilho,
EM SANGUE A SE BANHAR.
Tinir de ferros... estalar de açoite...
Legiões de homens negros como a noite,
HORRENDOS A DANÇAR...

Negras mulheres, suspendendo às tetas
Magras crianças, cujas bocas pretas
Rega o sangue das mães:
Outras, moças, mas nuas e espantadas,
No turbilhão de espectros arrastadas,
Em ânsia e mágoa vãs!

E ri-se a orquestra irônica, estridente...
E da ronda fantástica a serpente

FAZ DOUDAS ESPIRAIS...

Se o velho arqueja, se no chão resvala,
Ouvem-se gritos... o chicote estala.

E voam mais e mais...

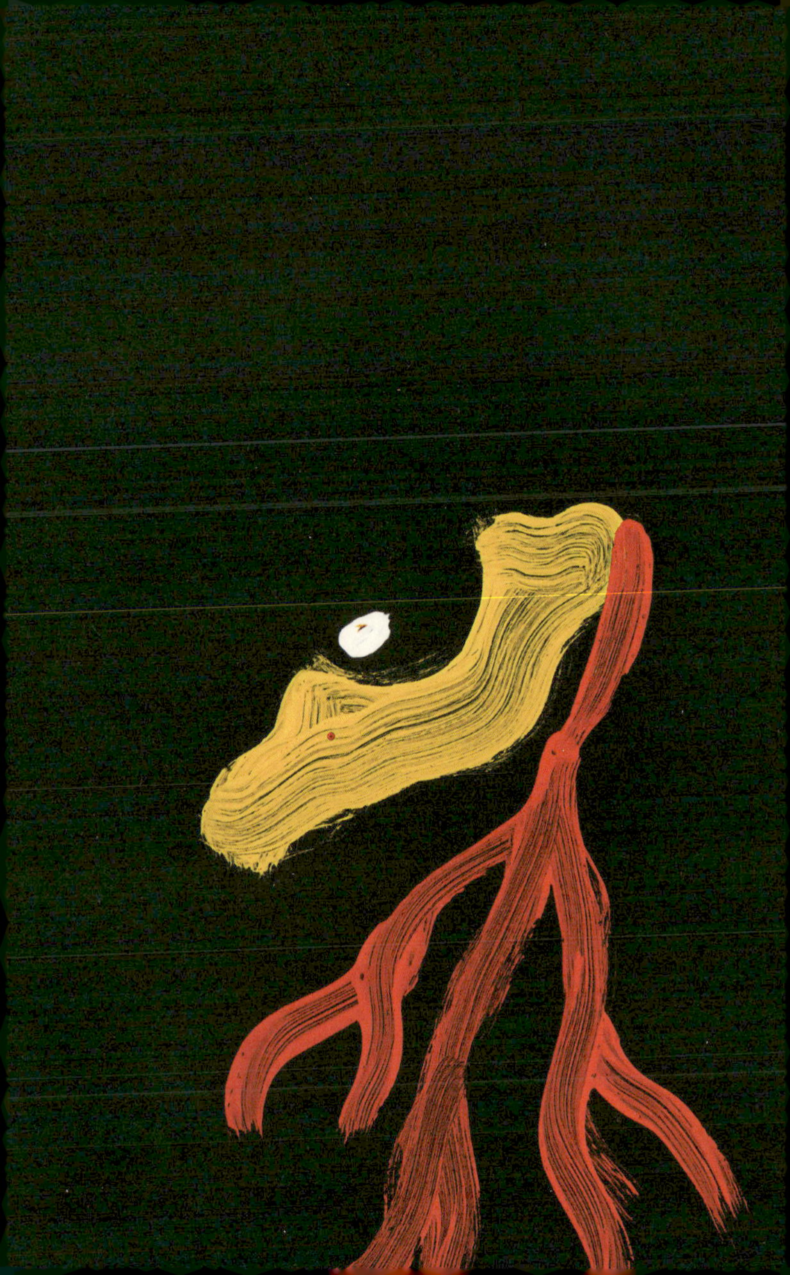

Presa nos elos de uma só cadeia,
A multidão faminta cambaleia,
E CHORA E DANÇA ALI!
Um de raiva delira, outro enlouquece,
Outro, que de martírios embrutece,
CANTANDO, GEME E RI!

No entanto o capitão manda a manobra,
E após fitando o céu que se desdobra
Tão puro sobre o mar,
Diz do fumo entre os densos nevoeiros:
"Vibrai rijo o chicote, marinheiros!
Fazei-os mais dançar!..."

E ri-se a orquestra irônica, estridente...
E da roda fantástica a serpente
Faz doudas espirais...
Qual num sonho dantesco as sombras voam!...
Gritos, ais, maldições, preces ressoam!

E RI-SE S

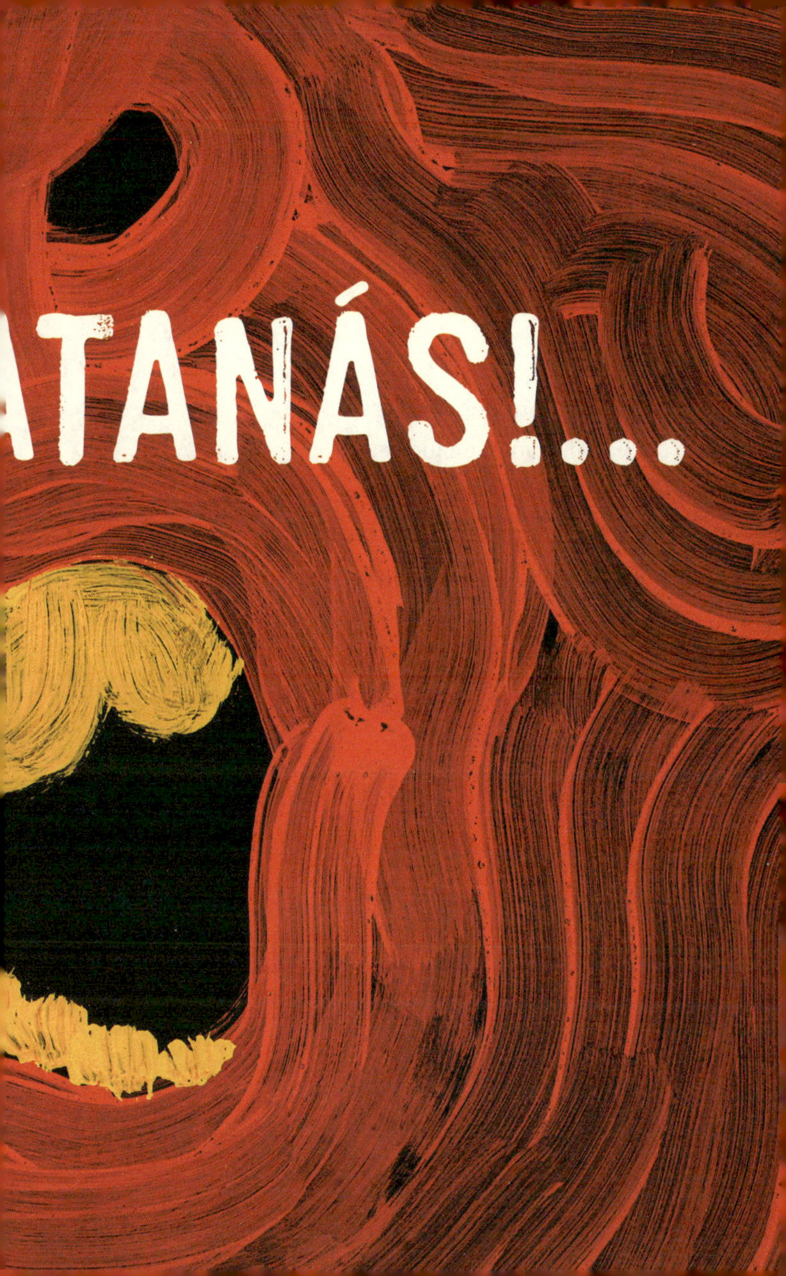
ATANÁS!...

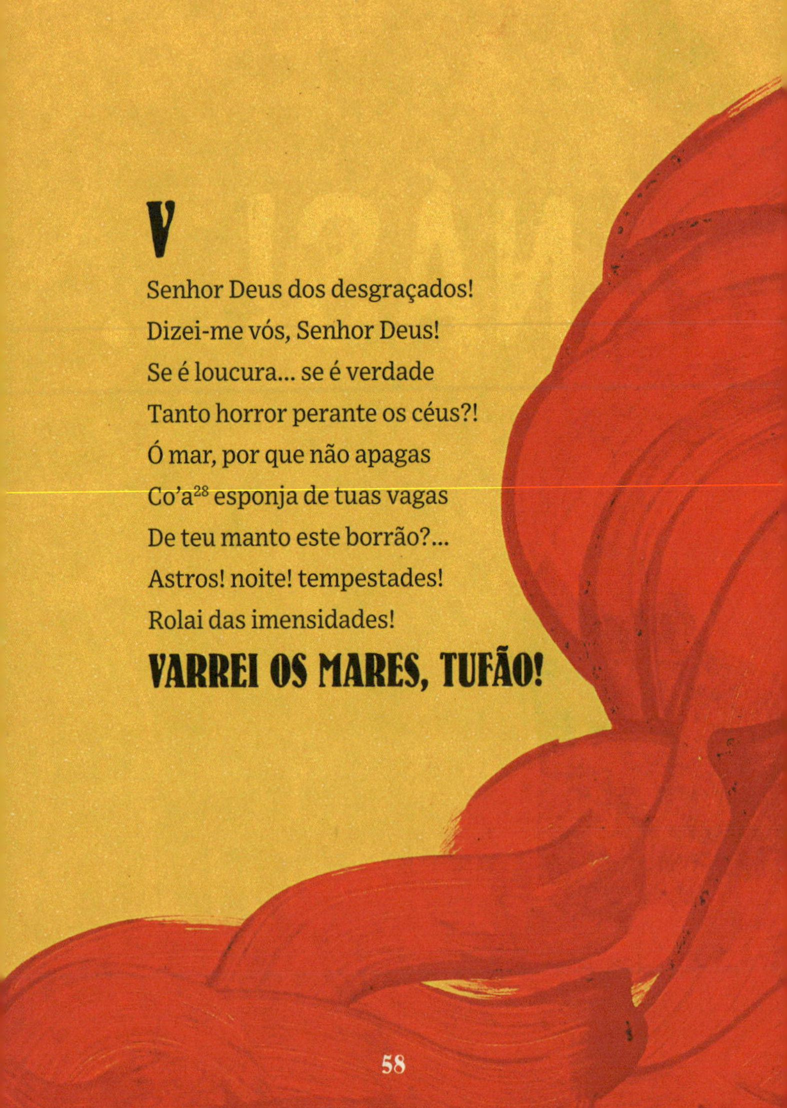

V

Senhor Deus dos desgraçados!
Dizei-me vós, Senhor Deus!
Se é loucura... se é verdade
Tanto horror perante os céus?!
Ó mar, por que não apagas
Co'a[28] esponja de tuas vagas
De teu manto este borrão?...
Astros! noite! tempestades!
Rolai das imensidades!

VARREI OS MARES, TUFÃO!

Quem são estes desgraçados
Que não encontram em vós,
Mais que o rir calmo da turba
Que excita a fúria do algoz?
Quem são? Se a estrela se cala,
Se a vaga à pressa resvala
Como um cúmplice fugaz,
Perante a noite confusa...
Dize-o tu, severa Musa,
Musa libérrima, audaz!...

São os filhos do deserto,
Onde a terra esposa a luz.
Onde vive em campo aberto
A tribo dos homens nus...
São os guerreiros ousados
Que com os tigres mosqueados[29]
Combatem na solidão.
Ontem simples, fortes, bravos...
Hoje míseros escravos[30],
SEM AR, SEM LUZ, SEM RAZÃO...

São mulheres desgraçadas
Como Agar[31] o foi também.
Que sedentas, alquebradas,
De longe... bem longe vêm...
Trazendo com tíbios[32] passos,

FILHOS E ALGEMAS NOS BRAÇOS,

N'alma – lágrimas e fel.
Como Agar sofrendo tanto,
Que nem o leite de pranto
Tem que dar para Ismael[33].

Lá nas areias infindas,

Das palmeiras no país,

Nasceram – crianças lindas,

Viveram – moças gentis...

Passa um dia a caravana,

Quando a virgem na cabana

Cisma da noite nos véus...

... Adeus, ó choça[34] do monte,

... Adeus, palmeiras da fonte!...

... ADEUS, AMORES... ADEUS!...

Depois, o areal extenso...
Depois, o oceano de pó.
Depois no horizonte imenso
Desertos... desertos só...

E A FOME, O CANSAÇO, A SEDE...

Ai! quanto infeliz que cede,
E cai p'ra não mais s'erguer...
Vaga um lugar na cadeia,
Mas o chacal sobre a areia
Acha um corpo que roer.

Ontem a Serra Leoa,
A guerra, a caça ao leão,
O sono dormido à toa
Sob as tendas d'amplidão!
Hoje... o porão negro, fundo,
INFECTO, APERTADO, IMUNDO,
Tendo a peste por jaguar...
E o sono sempre cortado
Pelo arranco de um finado,

E O BAQUE DE UM CORPO AO MAR...

Ontem plena liberdade,
A vontade por poder...
Hoje... cúm'lo[35] de maldade,
Nem são livres p'ra morrer...
Prende-os a mesma corrente
– Férrea, lúgubre serpente –
Nas roscas da escravidão.
E assim zombando da morte,
DANÇA A LÚGUBRE COORTE[36]
AO SOM DO AÇOITE. IRRISÃO[37]!...

Senhor Deus dos desgraçados!
Dizei-me vós, Senhor Deus,
Se eu deliro... ou se é verdade
Tanto horror perante os céus?!...
Ó mar, por que não apagas
Co'a esponja de tuas vagas
Do teu manto este borrão?
Astros! noites! tempestades!
Rolai das imensidades!
VARREI OS MARES, TUFÃO!

VI

Existe um povo que a bandeira empresta
P'ra cobrir tanta infâmia e cobardia[38]!...
E deixa-a transformar-se nessa festa
Em manto impuro de bacante[39] fria!
Meu Deus! meu Deus! mas que bandeira é esta,
Que impudente na gávea[40] tripudia?
Silêncio, Musa... chora, e chora tanto
Que o pavilhão se lave no teu pranto!

Auriverde pendão[41] de minha terra,
Que a brisa do Brasil beija e balança,
Estandarte[42] que à luz do sol encerra
As promessas divinas da esperança.
Tu que, da liberdade após a guerra,
Foste hasteado dos heróis na lança,
Antes te houvessem roto[43] na batalha,
Que servires a um povo de mortalha[44]!

Fatalidade atroz[45] que a mente esmaga!
Extingue nesta hora o brigue imundo
O trilho que Colombo[46] abriu nas vagas,
Como um íris no pélago profundo!
Mas é infâmia demais!... Da etérea[47] plaga[48]
Levantai-vos, **HERÓIS DO NOVO MUNDO!**

ANDRADA[49]! ARRANCA ESSE PENDÃO DOS ARES!

COLOMBO! FECHA A PORTA DOS TEUS MARES!

1 Forma reduzida de "Estamos". Trata-se de um recurso para manter a regularidade métrica da estrofe.

2 Doido.

3 Multidão.

4 Em Portugal e na Espanha, filho de reis que não é herdeiro do trono.

5 Céu.

6 Ondas elevadas.

7 Tipo de navio que tem dois mastros com velas redondas e cestos de gávea.

8 Espaço.

9 Navios.

10 Tempestade marítima.

11 Abismos.

12 Assustado, apavorado.

13 Monstro marinho bíblico.

14 Corta-vento.

15 Vela quadrangular.

16 Abatimento.

17 Natural de Andaluzia, na Espanha.

18 Torquato Tasso, poeta italiano que escreveu *A Jerusalém libertada*, em 1580. O célebre poema aborda o combate entre cristãos e mouros durante o Cerco de Jerusalém, em 1099.

19 Referência ao Canal da Mancha, que separa Grã-Bretanha e França.

20 Horatio Nelson, comandante da esquadra inglesa responsável pela vitória contra as forças napoleônicas durante a Batalha de Aboukir, em agosto de 1798.

21 Costa sudoeste da Anatólia, atual Turquia.

22 Herói do poema épico *Odisseia*, de Homero. Também chamado de Odisseu, Ulisses participou da Guerra de Troia, conforme a *Ilíada*, do mesmo autor.

23 Escultor da Grécia Antiga.

24 Medonhas, aterradoras.

25 Desprezível.

26 Referência a Dante Alighieri, escritor, poeta e político italiano.

27 Em náutica, o mesmo que castelo de popa. Estrutura fechada de uma borda à outra.

28 Forma reduzida de "Com a".

29 Pintados, malhados.

30 Atualmente, recomenda-se o uso do termo "escravizado" no lugar de "escravo". O primeiro denota uma condição à qual alguém foi forçadamente submetido, enquanto o segundo denota uma condição natural, o que não condiz com a exploração de seres humanos. Na época de Castro Alves, essa distinção não era feita, por isso o termo "escravo" era corrente.

31 No livro de *Gênesis*, Agar foi serva de Sara, esposa de Abraão. Como era estéril e não confiou na promessa de Deus de que lhe daria filhos, Sara pediu que seu marido se deitasse com Agar para gerar um herdeiro. Depois, a esposa, em cumprimento à promessa recebida, também gerou um herdeiro.

32 Fracos, sem vigor.

33 Primeiro filho de Abraão e Agar.

34 Casebre.

35 Forma reduzida de "cúmulo".

36 A rigor, tropa. No texto, em sentido figurado, conjunto dos escravizados.

37 Escárnio.

38 Covardia.

39 Referência à tragédia grega *As bacantes*, de Eurípedes. Na obra, as bacantes são devotas do deus grego Dionísio (na mitologia romana, Baco).

40 Plataforma dos mastros dos navios.

41 Bandeira.

42 Símbolo de uma nação.

43 Caído.

44 Tecido que envolve o morto.

45 Desumana.

46 Cristóvão Colombo, navegador genovês e comandante da frota espanhola que chegou às Américas em 1492.

47 Volátil, relativo a éter.

48 Região.

49 José Bonifácio de Andrada e Silva, conhecido como "patriarca da Independência". Naturalista, jurista e estadista.

América

Acorda a pátria e vê que é pesadelo
O sonho da ignomínia[50] que ela sonha!

Tomás Ribeiro

À tépida[51] sombra das matas gigantes,
Da América ardente nos pampas do Sul,
Ao canto dos ventos nas palmas brilhantes,
À luz transparente de um céu todo azul,

A filha das matas – cabocla morena –
Se inclina indolente sonhando talvez!
A fronte nos Andes reclina serena,
E o Atlântico humilde se estende a seus pés.

---

50 Desonra, infâmia. | 51 Morna.

As brisas dos cerros[52] ainda lhe ondulam
Nas plumas vermelhas do arco de avós,
Lembrando o passado seus seios pululam[53],
Se a onça ligeira boliu[54] nos cipós.

São vagas lembranças de um tempo que teve!...
Palpita-lhe o seio por sob uma cruz.
E em cisma[55] doirada – qual garça de neve –
Sua alma revolve-se em ondas de luz.

Embalam-lhe os sonhos, na tarde saudosa,
Os cheiros agrestes do vasto sertão,
E a triste araponga que geme chorosa
E a voz dos tropeiros em terna canção.

Se o gênio da noite no espaço flutua
Que negros mistérios a selva contém!
Se a ilha de prata, se a pálida lua
Clareia o levante, que amores não tem!

---

52 Colinas, morros. | 53 Rompem. | 54 Mexeu. | 55 Pensamento fixo.

Parece que os astros são anjos pendidos
Das frouxas neblinas da abóbada azul,
Que miram, que adoram ardentes, perdidos,
A filha morena dos pampas do Sul.

Se aponta a alvorada por entre as cascatas,
Que estrelas no orvalho que a noite verteu!
As flores são aves que pousam nas matas,
As aves são flores que voam no céu!

Ó pátria, desperta... Não curves a fronte
Que enxuga-te os prantos o Sol do Equador.
Não miras na fímbria[56] do vasto horizonte
A luz da alvorada de um dia melhor?

Já falta bem pouco. Sacode a cadeia
Que chamam riquezas... que nódoas[57] te são!

---

56 Borda. | 57 Marcas.

Não manches a folha de tua epopeia
No sangue do escravo, no imundo balcão.

Sê pobre, que importa? Sê livre... és gigante,
Bem como os condores dos píncaros[58] teus!
Arranca este peso das costas do Atlante[59],
Levanta o madeiro dos ombros de Deus.

---

58 Cume, ponto mais elevado. | 59 Na mitologia grega, Atlas, titã que foi condenado por Zeus a carregar o universo nas costas. Em arquitetura, moldura ou suporte de telhado. Em sentido figurado, aquele que suporta.

A canção do africano

Lá na úmida senzala,
Sentado na estreita sala,
Junto ao braseiro, no chão,
Entoa o escravo o seu canto,
E ao cantar correm-lhe em pranto
Saudades do seu torrão[60]...

De um lado, uma negra escrava
Os olhos no filho crava,
Que tem no colo a embalar.
E à meia-voz lá responde
Ao canto, e o filhinho esconde,
Talvez p'ra não o escutar!

"Minha terra é lá bem longe,
Das bandas de onde o sol vem;

---

60 Terra natal.

Esta terra é mais bonita,
Mas à outra eu quero bem!

"O sol faz lá tudo em fogo,
Faz em brasa toda a areia;
Ninguém sabe como é belo
Ver de tarde a papa-ceia[61]!

"Aquelas terras tão grandes,
Tão compridas como o mar,
Com suas poucas palmeiras
Dão vontade de pensar.

"Lá todos vivem felizes,
Todos dançam no terreiro;
A gente lá não se vende
Como aqui, só por dinheiro."

61 O planeta Vênus, também conhecido popularmente como estrela da tarde.

O escravo calou a fala,
Porque na úmida sala
O fogo estava a apagar;
E a escrava acabou seu canto,
P'ra não acordar com o pranto
O seu filhinho a sonhar!

O escravo então foi deitar-se,
Pois tinha de levantar-se
Bem antes do sol nascer,
E se tardasse, coitado,
Teria de ser surrado,
Pois bastava escravo ser.

E a cativa desgraçada
Deita seu filho, calada,
E põe-se triste a beijá-lo,

Talvez temendo que o dono
Não viesse, em meio do sono,
De seus braços arrancá-lo!

Bandido negro

> Corre, corre, sangue do cativo
> Cai, cai, orvalho de sangue
> Germina, cresce, colheita vingadora
> A ti, segador, a ti. Está madura.
> Aguça tua fouce, aguça, aguça tua fouce.
>
> Eugène Sue, *Canto dos filhos de Agar*

Trema a terra de susto aterrada...
Minha égua veloz, desgrenhada,
Negra, escura nas lapas voou.
Trema o céu... ó ruína! ó desgraça!
Porque o negro bandido é quem passa,
Porque o negro bandido bradou:

Cai, orvalho de sangue do escravo,
Cai, orvalho, na face do algoz.

Cresce, cresce, seara vermelha,
Cresce, cresce, vingança feroz.

Dorme o raio na negra tormenta...
Somos negros... o raio fermenta
Nesses peitos cobertos de horror.
Lança o grito da livre coorte,
Lança, ó vento, pampeiro[62] de morte,
Este guante[63] de ferro ao senhor.

Cai, orvalho de sangue do escravo,
Cai, orvalho, na face do algoz.
Cresce, cresce, seara vermelha,
Cresce, cresce, vingança feroz.

Eia! ó raça que nunca te assombras!
P'ra o guerreiro uma tenda de sombras
Arma a noite na vasta amplidão.

---

62 Vento forte originário do pampa argentino, que alcança a Região Sul do Brasil. Em sentido figurado, conflito. | 63 Luva, geralmente de metal, típica de armaduras medievais.

Sus! pulula dos quatro horizontes,
Sai da vasta cratera dos montes,
Donde salta o condor, o vulcão.

Cai, orvalho de sangue do escravo,
Cai, orvalho, na face do algoz.
Cresce, cresce, seara vermelha,
Cresce, cresce, vingança feroz.

E o senhor que na festa descanta
Pare o braço que a taça alevanta,
Coroada de flores azuis.
E murmure, julgando-se em sonhos:
"Que demônios são esses medonhos,
Que lá passam famintos e nus?"

Cai, orvalho de sangue do escravo,
Cai, orvalho, na face do algoz.
Cresce, cresce, seara vermelha,
Cresce, cresce, vingança feroz.

Somos nós, meu senhor, mas não tremas,
Nós quebramos as nossas algemas
P'ra pedir-te as esposas ou mães.
Este é o filho do ancião que mataste.
Este – irmão da mulher que manchaste...
Oh! não tremas, senhor, são teus cães.

Cai, orvalho de sangue do escravo,
Cai, orvalho, na face do algoz.
Cresce, cresce, seara vermelha,
Cresce, cresce, vingança feroz.

São teus cães, que têm frio e têm fome,
Que há dez séc'los[64] a sede consome.
Quero um vasto banquete feroz...
Venha o manto que os ombros nos cubra.
Para vós fez-se a púrpura rubra,
Fez-se o manto de sangue p'ra nós.

---

64 Forma reduzida de "séculos".

Cai, orvalho de sangue do escravo,
Cai, orvalho, na face do algoz.
Cresce, cresce, seara vermelha,
Cresce, cresce, vingança feroz.

Meus leões africanos, alerta!
Vela a noite... a campina é deserta.
Quando a lua esconder seu clarão
Seja o bramo[65] da vida arrancado
No banquete da morte lançado
Junto ao corvo, seu lúgubre irmão.

Cai, orvalho de sangue do escravo,
Cai, orvalho, na face do algoz.
Cresce, cresce, seara vermelha,
Cresce, cresce, vingança feroz.

Trema o vale, o rochedo escarpado,
Trema o céu de trovões carregado,

---

65 Rugido do tigre ou da onça. Em sentido figurado, grito enfurecido.

Ao passar da rajada de heróis,
Que nas éguas fatais desgrenhadas
Vão brandindo essas brancas espadas,
Que se amolam nas campas de avós.

Cai, orvalho de sangue do escravo,
Cai, orvalho, na face do algoz.
Cresce, cresce, seara vermelha,
Cresce, cresce, vingança feroz.

Mater dolorosa[66]

Deixa-me murmurar à tua alma um adeus eterno, em vez de lágrimas chorar sangue, chorar o sangue de meu coração sobre meu filho; porque tu deves morrer, meu filho, tu deves morrer.

Nathaniel Lee

Meu filho, dorme, dorme o sono eterno
No berço imenso, que se chama – o céu.
Pede às estrelas um olhar materno,
Um seio quente, como o seio meu.

---

66 Expressão latina que significa "mãe dolorida". Além disso, é o título de uma obra atribuída ao pintor alemão Hans Memling. Datado dos anos 1480, o quadro representa a devoção da Virgem Maria aos pés da cruz onde seu filho foi crucificado. Castro Alves trouxe temas católicos como estratégia retórica, usando a comoção para convencer o público ao qual seus textos se destinavam, majoritariamente também católico, da urgência da abolição da escravatura.

Ai! borboleta, na gentil crisálida[67],
As asas de ouro vais além abrir.
Ai! rosa branca no matiz tão pálida,
Longe, tão longe vais de mim florir.

Meu filho, dorme... Como ruge o norte
Nas folhas secas do sombrio chão!...
Folha dest'alma como dar-te à sorte?...
É tredo[68], horrível o feral tufão!

Não me maldigas... Num amor sem termo
Bebi a força de matar-te... a mim...
Viva eu cativa a soluçar num ermo[69]...
Filho, sê livre... Sou feliz assim...

– Ave – te espera da lufada[70] o açoite[71],
– Estrela – guia-te uma luz falaz[72].

---

67 Casulo. | 68 Traiçoeiro. | 69 Deserto. Em sentido figurado, solidão. | 70 Ventania. Em sentido figurado, rajada. | 71 Chicote. Por extensão, golpe aplicado com esse instrumento. | 72 Enganadora.

– Aurora minha – só te aguarda a noite,
– Pobre inocente – já maldito estás.

Perdão, meu filho... se matar-te é crime...
Deus me perdoa... me perdoa já.
A fera enchente quebraria o vime[73]...
Velem-te os anjos e te cuidem lá.

Meu filho dorme... dorme o sono eterno
No berço imenso, que se chama o céu.
Pede às estrelas um olhar materno,
Um seio quente, como o seio meu.

---

73 Vara do vimeiro, haste flexível.

O século

Soldados, do alto daquelas pirâmides
quarenta séculos vos contemplam!

Napoleão

O século é grande e forte.

Victor Hugo

Da mortalha de seus bravos
Fez bandeira a tirania
Oh! armas talvez o povo
De seus ossos faça um dia.

José Bonifácio

O séc'lo é grande... No espaço
Há um drama de treva e luz.
Como Cristo a liberdade
Sangra no poste da cruz.

Um corvo escuro, anegrado[74]
Obumbra[75] o manto azulado,
Das asas d'águia dos céus...
Arquejam peitos e frontes...
Nos lábios dos horizontes
Há um riso de luz... É Deus.

Às vezes quebra o silêncio
Ronco estrídulo[76] feroz.
Será o rugir das matas,
Ou da plebe a imensa voz?...
Treme a terra hirta[77] e sombria...
São as vascas[78] da agonia
Da liberdade no chão?...
Ou do povo o braço ousado
Que, sob montes calcado
Abala-os como um Titão[79]?!...

---

74 De cor negra. | 75 Faz sombra. Em sentido figurado, oculta. | 76 Som agudo. | 77 Dura. | 78 Náuseas. | 79 Titã. Na mitologia, entidades gigantes que escalaram o céu para destronar o deus grego Zeus (na mitologia romana, Júpiter). Em sentido figurado, rei, soberano.

Ante esse escuro problema
Há muito irônico rir.
P'ra nós o vento da esp'rança
Traz o pólen do porvir.
E enquanto o ceticismo
Mergulha os olhos no abismo,
Que a seus pés raivando tem,
Rasga o moço os nevoeiros,
P'ra dos morros altaneiros[80]
Ver o sol que irrompe além.

Toda noite – tem auroras,
Raios – toda a escuridão.
Moços, creiamos, não tarda
A aurora da redenção.
Gemer – é esperar um canto...
Chorar – aguardar que o pranto
Faça-se estrela nos céus.

---

80 Altos.

O mundo é o nauta[81] nas vagas...
Terá do oceano as plagas
Se existem justiça e Deus.

No entanto inda há muita noite
No mapa da criação.
Sangra o abutre dos tiranos
Muito cadáver – nação.
Desce a Polônia esvaída,
Cataléptica[82], adormida,
À tumba do Sobieski[83];
Inda em sonhos busca a espada...
Os reis passam sem ver nada...
E o Czar[84] olha e sorri...

Roma inda tem sobre o peito
O pesadelo dos reis;

---

81 Navegante. | 82 Em sentido figurado, inerte. | 83 Jan Sobieski, rei da Polônia e grão-duque da Lituânia. Ilustre comandante militar, ficou conhecido pela vitória sobre os turcos em 1683, na épica Batalha de Viena. | 84 Imperador. Palavra usada para designar os soberanos durante a vigência do Império Russo.

A Grécia espera chorando
Canaris[85]... Byron[86] talvez!
Napoleão amordaça
A boca da populaça
E olha Jersey[87] com terror,
Como o filho de Sorrento[88],
Treme ao fitar um momento
O Vesúvio[89] aterrador.

A Hungria é como um cadáver
Ao relento exposto nu;
Nem sequer a abriga a sombra
Do foragido Kossuth[90].
Aqui – o México ardente,

---

85 Político grego e combatente contra os turcos quando ministro da Marinha. Defensor da democracia constitucionalista e personagem ativo na independência de seu país natal. | 86 Lord Byron, um dos maiores expoentes do Romantismo e autor de textos aclamados, como *Don Juan* e *A peregrinação de Childe Harold*. | 87 Ilha no Canal da Mancha. Protetorado britânico. | 88 Cidade costeira no sudoeste da Itália. | 89 Vulcão em Nápoles, na Itália, conhecido pela trágica erupção de 79 d.C., quando as cidades romanas de Pompeia e Herculano foram destruídas. | 90 Lajos Kossuth, político húngaro e líder da Revolução de 1848, a qual buscava a independência de seu território em relação ao Império Austríaco.

– Vasto filho independente
Da liberdade e do sol –
Jaz por terra... e lá soluça
Juarez[91], que se debruça
E diz-lhe: "Espera o arrebol[92]!"

O quadro é negro. Que os fracos
Recuem cheios de horror.
A nós, herdeiros dos Gracos[93],
Traz a desgraça valor!
Lutai... Há uma lei sublime
Que diz: "à sombra do crime
Há de a vingança marchar"
Não ouvis do Norte um grito,
Que bate aos pés do infinito,
Que vai Franklin[94] despertar?

---

91 Benito Pablo Juárez García, advogado, estadista e reformista mexicano. | 92 Cor avermelhada típica do nascer e do pôr do sol no horizonte. | 93 Referência à família Graco, mais especificamente aos irmãos Tibério Graco e Caio Graco, que obtiveram notoriedade pela atuação em lutas sociais empreendidas no século II a.C. | 94 Benjamin Franklin, um dos principais expoentes da Revolução Americana.

É o grito dos Cruzados
Que brada aos moços "de pé!"
É o sol das liberdades
Que espera por Josué[95].
São bocas de mil escravos
Que transformaram-se em bravos
Ao cinzel[96] da abolição.
E – à voz dos libertadores
Reptis[97], que saltam condores,
A topetar[98] n'amplidão!...

E vós, arcas do futuro,
Crisálidas do porvir,
Quando vosso braço ousado
Legislações construir,
Levantai um templo novo,
Porém não que esmague o povo,

---

95 Líder de Israel, sucessor do profeta Moisés. Filho de Num, da tribo de Efraim. Ficou conhecido por ajudar Moisés durante o êxodo dos israelitas, tanto pelo Egito quanto pelo Monte Sinai. | 96 Instrumento de corte. | 97 Relativo aos répteis. Em sentido figurado, rastejante. | 98 Bater com o topete. Em sentido figurado, atingir o ponto mais alto.

Mas lhe seja o pedestal.
Que ao menino dê-se a escola,
Ao veterano – uma esmola...
A todos – luz e fanal[99].

Luz!... sim; que a criança é uma ave,
Cujo porvir tendes vós;
No sol é uma águia arrojada,
Na sombra – um mocho feroz.
Libertai tribunas, prelos...
São fracos, mesquinhos elos...
Não calqueis o povo-rei!
Que este mar d'almas e peitos,
Com as vagas de seus direitos,
Virá partir-vos a lei.

Quebre-se o cetro[100] do Papa,
Faça-se dele uma cruz,

---

99 Sinal luminoso. Em sentido figurado, caminho, esperança. | 100 Bastão utilizado por reis. Em sentido figurado, poder soberano.

A púrpura sirva ao povo
P'ra cobrir os ombros nus.
Ao grito do Niagara
Sem escravos, Guanabara
Se eleve ao fulgor dos sóis.
Banhem-se em luz os prostíbulos,
E das lascas dos patíbulos[101]
Erga-se estátua aos heróis!

Basta!... Eu sei que a mocidade
É o Moisés no Sinai;
Das mãos do Eterno recebe
As tábuas da lei! marchai!
Quem cai na luta com glória,
Tomba nos braços da história,
No coração do Brasil!
Moços, do topo dos Andes,
Pirâmides vastas, grandes,
Vos contemplam séculos mil!

---

101 Palanque armado para execução de condenados.

Estrofes do solitário

Basta de covardia! A hora soa...
Voz ignota e fatídica ressoa,
Que vem... Donde? De Deus.
A nova geração rompe da terra,
E, qual Minerva[102] armada para a guerra,
Pega a espada... olha os céus.

Sim, de longe, das raias do futuro,
Parte um grito, p'ra os homens – surdo, obscuro,
Mas para os moços, não!
É que, em meio das lutas da cidade,
Não ouvem o clarim[103] da Eternidade,
Que troa[104] n'amplidão!

---

102 Deusa romana da sabedoria, das artes e do comércio. | 103 Instrumento musical semelhante ao trompete. O som do clarim é conhecido por ser muito estridente. | 104 Retumba.

Quando as praias se ocultam na neblina,
E como a garça, abrindo a asa latina,
Corre a barca no mar,
Se então sem freios se despenha o norte,
É impossível – parar... volver – é morte...
Só lhes resta marchar.

E o povo é como a barca em plenas vagas,
A tirania é o tremedal[105] das plagas,
O porvir – a amplidão.
Homens! Esta lufada que rebenta
É o furor da mais lôbrega[106] tormenta.
– Ruge a revolução.

E vós cruzais os braços... Covardia!
E murmurais com fera hipocrisia:
— É preciso esperar...

105 Terreno lamacento, lodoso. | 106 Sombria.

Esperar? Mas o quê? Que a populaça,
Este vento que tronos despedaça,
Venha abismos cavar?

Ou quereis, como o sátrapa[107] arrogante,
Que o porvir, n'antessala, espere o instante
Em que o deixeis subir?!
Oh! parai a avalanche, o sol, os ventos,
O oceano, o condor, os elementos.
Porém nunca o porvir!

Meu Deus! Da negra lenda que se escreve
Co'o sangue de um Luís, no chão da Grève[108],
Não resta mais um som!...
Em vão nos deste, p'ra maior lembrança,
Do mundo – a Europa, mas da Europa – a França.
Mas da França – um Bourbon[109]!

---

107 Palavra usada para designar os governadores das províncias (satrapias) no Império Persa. | 108 Referência à morte do rei Luís XVI como desdobramento da Revolução Francesa. O monarca foi guilhotinado em Paris no ano de 1793. | 109 Família de monarcas originária da França, também conhecida como Casa Real de Bourbon.

Desvario das frontes coroadas!
Nas páginas das púrpuras rasgadas
Ninguém mais estudou!
E, no sulco do tempo, embalde[110] dorme
A cabeça dos reis – semente enorme
Que a multidão plantou!...

No entanto fora belo nesta idade
Desfraldar o estandarte da igualdade,
De Byron ser irmão...
E pródigo – a esta Grécia brasileira,
Legar no testamento – uma bandeira,
E ao mundo – uma nação.

Soltar ao vento a inspiração do Graco
Envolver-se no manto de 'Spartaco[111],
Dos servos entre a grei[112];

---

110 Em vão. | 111 Espártaco, gladiador de origem trácia que liderou revoltas de escravizados na Roma Antiga. | 112 Sociedade, partido.

Lincoln[113] – o Lázaro[114] acordar de novo,
E da tumba da infâmia erguer um povo,
Fazer de um verme – um rei!

Depois morrer... que a vida está completa,
– Rei ou tribuno, César[115] ou poeta,
Que mais quereis depois?
Basta escutar, do fundo lá da cova,
Dançar em vossa lousa[116] a raça nova
Libertada por vós.

---

113 Abraham Lincoln, presidente dos Estados Unidos de 1861 a 1865, quando foi assassinado. | 114 No *Evangelho de João*, Lázaro de Betânia, bispo católico e companheiro de Jesus Cristo, que o ressuscitou. | 115 Caio Júlio César, imperador romano conhecido por promover reformas que limitavam os poderes do senado. Devido à sua covardia, foi assassinado pelos seus pares políticos. | 116 Ardósia. Material usado para revestimento de chão, paredes ou lajes.

O sol e o povo

Le peuple a sa colère et le volcan sa lave.[117]

Victor Hugo

Ya desatado
El horrendo huracán silba contigo
¿Qué muralla, qué abrigo
Bastaran contra ti?[118]

Quintana

O sol, do espaço Briaréu[119] gigante,
P'ra escalar a montanha do infinito,
Banha em sangue as campinas do levante.

---

117 O povo tem a sua cólera, e o vulcão, a sua lava. | 118 Já desatado / O horrendo furacão silva contigo / Que muralha, que abrigo / Bastarão contra ti? | 119 Na mitologia grega, filho de Gaia e Urano. Gigante com cem braços e cinquenta cabeças.

Então em meio dos Saaras – o Egito
Humilde curva a fronte e um grito errante,
Vai despertar a Esfinge de granito.

O povo é como o sol! Da treva escura
Rompe um dia co'a destra iluminada,
Como o Lázaro, estala a sepultura!...

Oh! temei-vos da turba esfarrapada,
Que salva o berço à geração futura,
Que vinga a campa à geração passada.

Saudação a Palmares

Nos altos cerros erguido
Ninho de águias atrevido,
Salve! – país do bandido!
Salve! – pátria do jaguar!
Verde serra, onde os Palmares
– Como indianos cocares –
No azul dos colúmbios[120] ares,
Desfraldam-se em mole arfar!

Salve! Região dos valentes
Onde os ecos estridentes
Mandam aos plainos trementes
Os gritos do caçador!
E ao longe os latidos soam,
E as trompas da caça atroam...

---

120 Local onde se guardam as cinzas dos mortos.

E os corvos negros revoam
Sobre o campo abrasador!

Palmares! a ti meu grito!
A ti, barca de granito,
Que no soçobro[121] infinito
Abriste a vela ao trovão,
E provocaste a rajada,
Solta a flâmula[122] agitada,
Aos uivos da marujada,
Nas ondas da escravidão!

De bravos soberbo estádio!
Das liberdades paládio[123],
Tomaste o punho do gládio[124],
E olhaste rindo p'ra o val[125].
"Surgi de cada horizonte,
Senhores! Eis-me de fronte!"

---

121 Naufrágio. | 122 Bandeira. | 123 Em sentido figurado, garantia. | 124 Espada de dois gumes. | 125 Vale.

E riste... O riso de um monte!
E a ironia de um chacal!

Cantem eunucos devassos
Dos reis os marmóreos paços,
E beijem os férreos laços,
Que não ousam sacudir...
Eu canto a beleza tua,
Caçadora seminua,
Em cuja perna flutua
Ruiva a pele de um tapir.

Crioula! o teu seio escuro
Nunca deste ao beijo impuro!
Fugidio, firme, duro,
Guardaste-o p'ra um nobre amor.
Negra Diana selvagem,
Que escutas, sob a ramagem,
As vozes, que traz a aragem,
Do teu rijo caçador!

Salve! – Amazona guerreira!
Que nas rochas da clareira,
– Aos urros da cachoeira –
Sabes bater e lutar.
Salve! – nos cerros erguido –
Ninho, onde em sonho atrevido,
Dorme o condor... e o bandido,
A liberdade... e o jaguar!

Tragédia no lar

Na senzala, úmida, estreita,
Brilha a chama da candeia,
No sapé se esgueira o vento.
E a luz da fogueira ateia.

Junto ao fogo, uma Africana,
Sentada, o filho embalando,
Vai lentamente cantando
Uma tirana indolente,
Repassada de aflição.
E o menino ri contente...
Mas treme e grita gelado,
Se nas palhas do telhado
Ruge o vento do sertão.

Se o canto para um momento,
Chora a criança imprudente...
Mas continua a cantiga...

E ri sem ver o tormento
Daquele amargo cantar.
Ai! triste, que enxugas rindo
Os prantos que vão caindo
Do fundo, materno olhar,
E nas mãozinhas brilhantes
Agitas como diamantes
Os prantos do seu penar.

E a voz como um soluço lacerante
Continua a cantar:

"Eu sou como a garça triste
"Que mora à beira do rio,
"As orvalhadas da noite
"Me fazem tremer de frio.

"Me fazem tremer de frio
"Como os juncos da lagoa;
"Feliz da araponga errante
"Que é livre, que livre voa.

"Que é livre, que livre voa
"Para as bandas do seu ninho,
"E nas braúnas[126] à tarde
"Canta longe do caminho.

"Canta longe do caminho
"Por onde o vaqueiro trilha,
"Se quer descansar as asas,
"Tem a palmeira, a baunilha.

"Tem a palmeira, a baunilha,
"Tem o brejo, a lavadeira,
"Tem as campinas, as flores,
"Tem a relva, a trepadeira,

"Tem a relva, a trepadeira,
"Todas têm os seus amores,

---

126 Árvore brasileira conhecida pela dureza de sua madeira. Também chamada de madeira-de-lei ou pau-preto.

"Eu não tenho mãe nem filhos,
"Nem irmão, nem lar, nem flores."

A cantiga cessou... Vinha da estrada
A trote largo linda cavalhada
De estranho viajor.
Na porta da fazenda eles paravam,
Das mulas boleadas apeavam
E batiam na porta do senhor.

Figuras pelo sol tisnadas, lúbricas[127],
Sorrisos sensuais, sinistro olhar,
Os bigodes retorcidos,
O cigarro a fumegar,
O rebenque[128] prateado
Do pulso dependurado,
Largas chilenas luzidas,
Que vão tinindo no chão,

---

127 Lascivas. | 128 Pequeno chicote feito de couro.

E as garruchas[129] embebidas
No bordado cinturão.

A porta da fazenda foi aberta;
Entraram no salão.

Por que tremes, mulher? A noite é calma,
Um bulício remoto agita a palma
Do vasto coqueiral.
Tem pérolas o rio, a noite lumes,
A mata sombras, o sertão perfumes,
Murmúrio o bananal.

Por que tremes, mulher? Que estranho crime,
Que remorso cruel assim te oprime
E te curva a cerviz[130]?
O que nas dobras do vestido ocultas?
É um roubo talvez que aí sepultas?
É seu filho... Infeliz!

---

129 Tipo de arma de fogo. | 130 Nuca.

Ser mãe é um crime, ter um filho – roubo!
Amá-lo uma loucura! Alma, de lodo
Para ti – não há luz.
Tens a noite no corpo, a noite na alma,
Pedra que a humanidade pisa calma,
– Cristo que verga à cruz!

Na hipérbole do ousado cataclisma
Um dia Deus morreu... fuzila um prisma
Do Calvário ao Tabor[131]!
Viu-se então de Palmira os pétreos[132] ossos,
De Babel o cadáver de destroços
Mais lívidos de horror.

Era o relampejar da liberdade
Nas nuvens do chorar da humanidade,
Ou sarça[133] do Sinai,

---

131 Referência bíblica ao calvário de Jesus. | 132 Feitos de pedra. Em sentido figurado, duros. | 133 No livro de *Êxodo*, arbusto conhecido por arder em chamas e não se queimar. Localizado no Monte Horeb, foi o lugar onde Moisés recebeu a missão de Deus para liderar os israelitas em direção a Canaã.

– Relâmpagos que ferem de desmaios...
Revoluções, vós deles sois os raios,
Escravos, esperai!...

Leitor, se não tens desprezo
De vir descer às senzalas,
Trocar tapetes e salas
Por um alcouce[134] cruel,
Vem comigo, mas... cuidado...
Que o teu vestido bordado
Não fique no chão manchado,
No chão do imundo bordel.

Não venhas tu que achas triste
Às vezes a própria festa.
Tu, grande, que nunca ouviste

134 A rigor, casa de prostituição.

Senão gemidos da orquestra.
Por que despertar tu'alma,
Em sedas adormecida,
Esta excrescência[135] da vida
Que ocultas com tanto esmero?
E o coração – tredo lodo,
Fezes d'ânfora[136] doirada
Negra serpe[137], que enraivada,
Morde a cauda, morde o dorso,
E sangra às vezes piedade,
E sangra às vezes remorso?...

Não venham esses que negam
A esmola ao leproso, ao pobre.
A luva branca do nobre
Oh! senhores, não mancheis.
Os pés lá pisam em lama,
Porém as frontes são puras

---

135 Saliência. Em sentido figurado, desarmonia. | 136 Vaso de barro. | 137 Serpente.

Mas vós nas faces impuras
Tendes lodo, e luz nos pés.

Porém vós, que no lixo do oceano
A pérola de luz ides buscar,
Mergulhadores deste pego insano
Da sociedade, deste tredo mar,
Vinde ver como rasgam-se as entranhas
De uma raça de novos Prometeus[138],
Ai! vamos ver guilhotinadas almas
Da senzala nos vivos mausoléus.

– Escrava, dá-me teu filho!
Senhores, ide-lo ver:
É forte, de uma raça bem-provada,
Havemos tudo fazer.

---

138 Na mitologia grega, deus do fogo, conhecido por ser defensor da humanidade. No texto, descendentes de Prometeu.

Assim dizia o fazendeiro, rindo,
E agitava o chicote...

A mãe que ouvia
Imóvel, pasma, doida, sem razão!
À Virgem Santa pedia
Com prantos por oração;
E os olhos no ar erguia
Que a voz não podia, não.

— Dá-me teu filho! repetiu fremente
O senhor, de sobr'olho[139] carregado.
— Impossível!
— Que dizes, miserável?!
— Perdão, senhor! perdão! meu filho dorme...
Inda há pouco o embalei, pobre inocente,
Que nem sequer pressente
Que ides...
— Sim, que o vou vender!
— Vender?!... Vender meu filho?!

---

139 Forma reduzida de "sobre o olho". Sobrancelha. Em sentido figurado, olhar.

Senhor, por piedade, não...
Vós sois bom... antes do peito
Me arranqueis o coração!

Por piedade, matai-me! É impossível
Que me roubem da vida o único bem!
Apenas sabe rir... é tão pequeno!
Inda não sabe me chamar?... Também
Senhor, vós tendes filhos... quem não tem?
Se alguém quisesse os vender
Havíeis muito chorar,
Havíeis muito gemer,
Diríeis a rir – Perdão?!
Deixai meu filho... arrancai-me
Antes a alma e o coração!

— Cala-te miserável! Meus senhores,
O escravo podeis ver...

E a mãe em pranto aos pés dos mercadores
Atirou-se a gemer.

— Senhores! basta a desgraça
De não ter pátria nem lar,
De ter honra e ser vendida,
De ter alma e nunca amar!

Deixai à noite que chora
Que espere ao menos a aurora,
Ao ramo seco uma flor,
Deixai o pássaro ao ninho,
Deixai à mãe o filhinho,
Deixai à desgraça o amor.

Meu filho é-me a sombra amiga
Neste deserto cruel...
Flor de inocência e candura,
Favo de amor e de mel!

Seu riso é minha alvorada,
Sua lágrima doirada
Minha estrela, minha luz!

É da vida o único brilho...
Meu filho! é mais... é meu filho...
Deixai-mo[140] em nome da Cruz!...

Porém nada comove homens de pedra,
Sepulcros onde é morto o coração.
A criança do berço ei-los arrancam
Que os bracinhos estende e chora em vão!

Mudou-se a cena. Já vistes
Bramir[141] na mata o jaguar,
E no furor desmedido
Saltar, raivando atrevido,
O ramo, o tronco estalar,
Morder os cães que o morderam...
De vítima feita algoz,
Em sangue e horror envolvido
Terrível, bravo, feroz?

---

140 Contração dos pronomes "me" e "o". No texto, significa "Deixai-me o meu filho". | 141 Vociferar.

Assim a escrava da criança ao grito
Destemida saltou,
E a turba dos senhores aterrada
Ante ela recuou.

Nem mais um passo, cobardes!
Nem mais um passo! ladrões!
Se os outros roubam as bolsas,
Vós roubais os corações!...

Entram três negros possantes,
Brilham punhais traiçoeiros...
Rolam por terra os primeiros
Da morte nas contorções.

Um momento depois a cavalgada
Levava a trote largo pela estrada

A criança a chorar.
Na fazenda o azorrague[142] então se ouvia
E aos golpes – uma doida respondia
Com frio gargalhar!

142 Tipo de chicote.

Vozes d'África

Deus! ó Deus! onde estás que não respondes?
Em que mundo, em qu'estrela tu t'escondes
Embuçado nos céus?
Há dois mil anos te mandei meu grito,
Que embalde, desde então, corre o infinito.
Onde estás, Senhor Deus?...

Qual Prometeu, tu me amarraste um dia
Do deserto na rubra penedia[143],
Infinito galé[144]!...
Por abutre – me deste o sol ardente!
E a terra de Suez – foi a corrente
Que me ligaste ao pé...

---

143 Rochedo. | 144 Tipo de embarcação movida por par de velas.

O cavalo estafado do Beduíno[145]
Sob a vergasta[146] tomba ressupino[147],
E morre no areal.
Minha garupa sangra, a dor poreja,
Quando o chicote do simum[148] dardeja
O teu braço eternal.

Minhas irmãs são belas, são ditosas...
Dorme a Ásia nas sombras voluptuosas
Dos haréns do Sultão,
Ou no dorso dos brancos elefantes
Embala-se coberta de brilhantes,
Nas plagas do Hindustão[149].

Por tenda – tem os cimos do Himalaia...
O Ganges[150] amoroso beija a praia
Coberta de corais.

---

145 Nômade do deserto. | 146 Vara de açoite. | 147 Deitado de costas. | 148 Vento que sopra do centro da África em direção ao norte e provoca tempestades de areia. | 149 Sul da Ásia, hoje correspondendo a Índia, Paquistão, Bangladesh, Nepal e Butão. | 150 Rio Ganges, um dos principais do subcontinente indiano.

A brisa de Misora[151] o céu inflama;
E ela dorme nos templos do deus Brama[152],
Pagodes[153] colossais...

A Europa – é sempre Europa, a gloriosa!
A mulher deslumbrante e caprichosa,
Rainha e cortesã.
Artista – corta o mármor de Carrara[154];
Poetisa – tange os hinos de Ferrara[155],
No glorioso afã!

Sempre a láurea lhe cabe no litígio...
Ora uma c'roa[156], ora o barrete frígio[157]
Enflora-lhe a cerviz,
O Universo após ela – doudo amante

---

151 Região asiática. | 152 Na mitologia hindu, criador do universo e responsável pelo conhecimento. Tem quatro cabeças e quatro braços. | 153 Templo religioso típico da Índia. Em sentido figurado, repouso dos deuses. | 154 Cidade italiana famosa pela produção de mármore branco de alto valor. | 155 Referência aos textos de Torquato Tasso, que frequentou a corte do duque Alfonso II de Ferrara. | 156 Forma reduzida de "coroa". | 157 Símbolo da liberdade.

Segue cativo o passo delirante
    Da grande meretriz.

Mas eu, Senhor!... Eu triste, abandonada
Em meio dos desertos desgarrada,
    Perdida marcho em vão!
Se choro... bebe o pranto a areia ardente!
Talvez... p'ra que meu pranto, ó Deus clemente,
    Não descubras no chão!...

E nem tenho uma sombra de floresta...
Para cobrir-me nem um templo resta
    No solo abrasador...
Quando subo às pirâmides do Egito,
Embalde aos quatro céus chorando grito:
    "Abriga-me, Senhor!..."

Como o profeta em cinza a fronte envolve,
Velo a cabeça no areal, que volve

O siroco[158] feroz.
Quando eu passo no Saara amortalhada...
Ai! dizem: "Lá vai África embuçada[159]
No seu branco albornoz[160]..."

Nem veem que o deserto é meu sudário[161],
Que o silêncio campeia solitário
Por sobre o peito meu.
Lá no solo, onde o cardo[162] apenas medra[163],
Boceja a Esfinge colossal de pedra,
Fitando o morno céu.

De Tebas nas colunas derrocadas
As cegonhas espiam debruçadas
O horizonte sem fim...
Onde branqueja[164] a caravana errante

---

158 Vento quente e muito seco típico do Deserto do Saara. | 159 Com o rosto coberto. | 160 Capa de lã muito usada pelos povos do Norte da África. | 161 Mortalha. | 162 Tipo de planta. | 163 Desenvolve. | 164 Torna-se branca. Em sentido figurado, torna-se visível.

E o camelo monótono, arquejante,
Que desce de Efraim[165].

Não basta inda de dor, ó Deus terrível?!
É pois teu peito eterno, inexaurível[166]
De vingança e rancor?
E que é que fiz, Senhor? que torvo[167] crime
Eu cometi jamais, que assim me oprime
Teu gládio[168] vingador?!

Foi depois do dilúvio... Um viandante,
Negro, sombrio, pálido, arquejante,
Descia do Arará[169]...

165 Povo de Israel. No livro de *Gênesis*, filho de José e Asenet. | 166 Inesgotável. | 167 Terrível. | 168 Tipo de espada curta e com dois gumes. | 169 Monte na atual Turquia onde, no livro de *Gênesis*, a Arca de Noé encalhou depois do dilúvio.

E eu disse ao peregrino fulminado:
"Cam[170]!... serás meu esposo bem-amado...
Serei tua Eloá[171]."

Desde este dia o vento da desgraça
Por meus cabelos, ululando, passa
O anátema[172] cruel.
As tribos erram do areal nas vagas,
E o Nômade faminto corta as plagas
No rápido corcel[173].

Vi a ciência desertar do Egito...
Vi meu povo seguir – Judeu maldito –
Filho da perdição.
Depois vi minha prole desgraçada,
Pelas garras d'Europa arrebatada,
– Amestrado falcão.

170 Filho de Noé. | 171 Nome aportuguesado do hebraico "Eloah", que significa "Deus". | 172 Excomunhão. | 173 Cavalo de batalha conhecido por sua força e agilidade.

Cristo! embalde morreste sobre um monte...
Teu sangue não lavou da minha fronte
A mancha original.
Ainda hoje são, por fado adverso,
Meus filhos – alimária do universo,
Eu – pasto universal.

Hoje em meu sangue a América se nutre:
– Condor, que transformara-se em abutre,
Ave da escravidão.
Ela juntou-se às mais... irmã traidora!
Qual de José os vis irmãos, outrora,
Venderam seu irmão!

Basta, Senhor! De teu potente braço
Role através dos astros e do espaço
Perdão p'ra os crimes meus!

Há dois mil anos eu soluço um grito.
Escuta o brado meu lá no infinito,
Meu Deus! Senhor, meu Deus!...

Castro Alves: poesia a serviço da liberdade

por Luiz Henrique Oliveira

No dia 14 de março de 1847, nasceu Antônio Frederico de Castro Alves, filho do médico e professor Antônio José Alves e de Clélia Brasília da Silva Castro. Sua chegada ao mundo se deu no interior da Bahia, onde hoje existe um município com seu nome. Mudou-se para Salvador em 1852, pois o pai fora convidado a lecionar na Faculdade de Medicina. Seis anos depois, o filho ingressou no Ginásio Baiano, onde concluiu os primeiros estudos e demonstrou interesse imediato pela poesia. Em 1859, perdeu a mãe, fato que marcou a passagem para a adolescência do futuro escritor. No dia 9 de setembro de 1860, aos treze anos, Castro Alves recitou publicamente seu primeiro poema, numa festa cívica do ginásio. Lá se tornou amigo de Rui Barbosa.

Em 1862, Antônio Alves, o pai, se casou com Maria Ramos Guimarães. No mesmo ano, o poeta viajou ao Recife, onde fez os estudos preparatórios para ingressar na Faculdade de Direito. Àquela época, a capital pernambucana vivia uma atmosfera efervescente. Espaços públicos, como o Teatro de Santa Isabel, sediavam uma espécie de prolongamento das discussões da faculdade e recebiam recitais acalorados, principalmente envolvendo os estudantes. Em 1863, Alves conheceu a atriz Eugênia Câmara, com quem travou laço amoroso. Ainda nesse ano, o jornal *A Primavera* publicou "A canção do africano", seu primeiro poema abolicionista, parcialmente transcrito a seguir:

Lá na úmida senzala,
Sentado na estreita sala,

Junto ao braseiro, no chão,
Entoa o escravo o seu canto,
E ao cantar correm-lhe em pranto
Saudades do seu torrão...

Em 1864, Castro Alves foi aprovado na Faculdade de Direito de Recife e intensificou sua produção literária. Na abertura do ano letivo seguinte, mais especificamente no dia 11 de agosto, a comunidade acadêmica estava reunida no salão nobre da instituição para ouvir os discursos e as saudações de autoridades, professores e alunos. Foi nesse instante que Alves disparou "O século", para o espanto do público conservador e escravocrata que o ouvia:

Quebre-se o cetro do Papa,
Faça-se dele uma cruz,
A púrpura sirva ao povo
P'ra cobrir os ombros nus.

No ano de 1866, morre-lhe o pai, deixando cinco filhos menores de catorze anos. A responsabilidade pela criação da família recaiu sobre o jovem Castro Alves, àquela altura com apenas dezenove primaveras. Um ano mais tarde, o poeta e Eugênia Câmara foram em direção à Bahia, onde a atriz representaria um drama em prosa escrito pelo companheiro: *Gonzaga ou A Revolução de Minas*. Após o sucesso da peça, Alves partiu para o Rio de Janeiro, onde conheceu Machado de Assis, o que o ajudaria a ampliar sua participação nos círculos literários da capital brasileira. O poeta ainda morou em São Paulo, cidade em que concluiu o curso na Faculdade de Direito do Largo de São Francisco.

Em 1868, um episódio marcante na vida do poeta foi o fim do enlace amoroso com Eugênia Câmara. Pouco depois, acabou ferindo o próprio pé com um tiro de espingarda, resultando na amputação do membro.

Dois anos depois, voltou para Salvador e concebeu *Espumas flutuantes,* sua única obra publicada em vida. Com a saúde debilitada por causa do acidente, Castro Alves faleceu de tuberculose no dia 6 de julho de 1871, aos 24 anos.

A década de 1860, quando Castro Alves se consolidou como poeta social, testemunhou intensas movimentações por parte das elites escravocratas no sentido de perpetuar o sistema produtivo sobre o qual se assentavam. Os grupos dominantes se arvoraram ferozmente sobre o solo político do Brasil, por meio do que Sidney Chalhoub chamou de "economia de favores"[1]. Tal economia

---

1 CHALHOUB, Sidney. *Machado de Assis historiador.* São Paulo: Companhia das Letras, 2003. p. 60.

pressupunha a concentração e transmissão de posições sociais de privilégio e de comando na sociedade brasileira. Os negócios e o casamento, no bojo dessa classe senhorial, significavam uma ampla aliança de interesses pela conservação da ordem, do dinheiro e dos bens. Ou, se quisermos, um jogo de ganha-ganha entre os mandachuvas.

Certamente, os grupos dominantes jamais cederiam de graça às pressões ou reconheceriam conquistas oriundas das lutas sociais. Eis alguns dos ingredientes responsáveis pela tensão predominante na segunda metade do século XIX. Se todo movimento pressupõe reação, os grupos oprimidos protagonizaram diversas tentativas de insurgência. Não foram poucos os atos revoltosos de escravizados contra a extrema barbárie. Tema da lírica castroalvina, a Revolta dos Palmares, liderada por Zumbi no século XVII, se fixou como o retrato fiel tanto do desejo de liberdade quanto da repressão senhorial. Assim diz o poema "Saudação a Palmares":

> Palmares! a ti meu grito!
> A ti, barca de granito,
> Que no soçobro infinito
> Abriste a vela ao trovão,
> E provocaste a rajada,
> Solta a flâmula agitada,
> Aos uivos da marujada,
> Nas ondas da escravidão!

A exemplo de Castro Alves, aliados dos grupos oprimidos reforçaram o coro pelas mudanças sociais necessárias à época, como o fim da escravidão. Os poemas do "vate baiano", como parte da crítica costuma chamar nosso poeta, foram interpretados como rebeldes, considerando o contexto em que se inseriram. Bom exemplo é "Bandido negro":

Cai, orvalho de sangue do escravo,
Cai, orvalho, na face do algoz.
Cresce, cresce, seara vermelha,
Cresce, cresce, vingança feroz.

Castro Alves também foi fortemente influenciado por acontecimentos decisivos para a história ocidental. Os imaginários criados pelo Iluminismo (século XVIII), pela Independência dos Estados Unidos (1776) e pela Revolução Francesa (1789) penetraram a formação intelectual do poeta. Segundo Eric Hobsbawm, o propósito maior do Iluminismo foi "libertar o indivíduo das algemas do tradicionalismo ignorante da Idade Média, da irracionalidade que dividia os homens"[2]. Já a Revolução Francesa, além da transformação do sistema político, procurava difundir a ideologia liberal, segmentada

---

2 HOBSBAWM, Eric J. *A era das revoluções*. Tradução: Maria Tereza Lopes Teixeira e Marcos Penchel. 3. ed. Rio de Janeiro: Paz e Terra, 1981. p. 37.

pelos conceitos de liberdade, igualdade e fraternidade. Por sua vez, a Revolução Americana encorajou o surgimento de movimentos separatistas e/ou reformadores em toda a América do Sul. O poder precisava emanar do povo e em nome dele deveria ser exercido. Instalou-se na cena pública uma nova ordem, o que provocou, na sociedade brasileira, uma verdadeira revolução dos costumes.

Esses três acontecimentos compartilhavam um princípio que estaria amplamente presente nos textos de Alves: a liberdade, palavra de ordem da geração que ficou conhecida por "condoreira". Ou, nas palavras do escritor em "Tragédia no lar", a liberdade são os "relâmpagos que ferem de desmaios".

Em termos literários, podemos dizer que coube à chamada terceira geração do Romantismo, a condoreira, o despertar para as causas sociais, mais propriamente o abolicionismo. Castro Alves; Tobias

Barreto; José Bonifácio, o Moço; e Pedro de Calasans foram nomes fundamentais para a construção dessa vertente artística, cuja essência passava pela *contestação* da ordem escravocrata e pela defesa da república. Os textos de Alves, ainda mais quando comparados aos de seus pares, colocaram em debate a natureza e os mecanismos de perpetuação do poder político e econômico da classe senhorial.

O termo "condoreirismo" sugere uma ligação metafórica ao condor ou a outras aves, como a águia, o falcão e o albatroz, que foram tomadas como símbolos dessa geração de poetas com preocupações predominantemente sociais. "Albatroz! Albatroz! dá-me estas asas", suplica o poeta em "O navio negreiro", sua obra-prima. Identificando-se na ave de voo alto e solitário, com capacidade de enxergar a grandes distâncias, os poetas supunham serem eles também dotados desse dom, por isso tinham a missão, enquanto vates, “iluminados por Deus”, de chamar a atenção dos homens comuns para os horrores da escravidão.

> Mas que vejo eu ali... Que quadro d’amarguras!
> É canto funeral!... Que tétricas figuras!...
> Que cena infame e vil!... Meu Deus! meu
> [Deus! Que horror!
>
> IV
> Era um sonho dantesco... o tombadilho
> Que das luzernas avermelha o brilho,
> Em sangue a se banhar.
> Tinir de ferros... estalar de açoite...
> Legiões de homens negros como a noite,
> Horrendos a dançar...

Além disso, nos textos castroalvinos, encontramos um tom grandiloquente, próximo da oratória, cuja intenção era comover para convencer os leitores-ouvintes a abraçar as causas libertadora e republicana, como bem o ilustra "Estrofes do solitário":

> Homens! Esta lufada que rebenta
> É o furor da mais lôbrega tormenta.
> – Ruge a revolução.
>
> E vós cruzais os braços... Covardia!
> E murmurais com fera hipocrisia:
> — É preciso esperar...
> Esperar? Mas o quê? Que a populaça,
> Este vento que tronos despedaça,
> Venha abismos cavar?

A lírica de Castro Alves recebeu influência, em grande medida, da vertente social de diversos autores, a exemplo de Victor Hugo, como se pode notar pela recorrência a epígrafes retiradas do escritor francês. Para Hugo, no prefácio à sua peça *Cromwell*, a literatura, sobretudo a poesia, deveria abandonar o alto lugar, o cânone, e se admitir enquanto arena de lutas. Ao artífice da palavra, caberia "ressuscitar, se [se] trata da história; criar, se [se] trata de poesia", e "cruzar o drama da vida e o drama da consciência"[3]. A escrita literária, portanto, traria os dilemas passados e presentes do complexo social, deixando-os sempre explícitos. É o que faz Castro Alves no poema "América":

> Ó pátria, desperta... Não curves a fronte
> Que enxuga-te os prantos o Sol do Equador.
> Não miras na fímbria do vasto horizonte
> A luz da alvorada de um dia melhor?
>
> Já falta bem pouco. Sacode a cadeia
> Que chamam riquezas... que nódoas te são!

---

3 HUGO, Victor. *Do grotesco e do sublime*. Tradução: Célia Berrettini. 2. ed. São Paulo: Perspectiva, 2004. p. 69-70.

Não manches a folha de tua epopeia
No sangue do escravo, no imundo balcão.

A crítica literária é enfática ao reconhecer a trajetória do autor e sua inclinação aos temas sociais. Segundo Eduardo Teles[4], já no berço Castro Alves encontrou estímulos para o desenvolvimento do senso crítico que lhe "insuflaria a musa" anos mais tarde.

Antônio Soares Amora, por sua vez, aponta que a geração condoreira começava a compreender que a missão do poeta seria denunciar como erros gritantes e até mesmo terríveis aqueles oriundos de nosso passado político e social: "um monarquismo, que se não era absolutista e tirânico, era, contudo, surdo aos reclamos de justiça e de igualdade, por parte do povo; uma aristocracia, uma teocra-

4 TELES, Eduardo. *Castro Alves e o sonho de liberdade*. Salvador: Secretaria da Cultura e Turismo; Fundação Cultural do Estado da Bahia, 2001. p. 61.

cia e uma plutocracia, privilegiadas, poderosas e insensíveis à miséria do povo e à pungente tragédia dos escravos"[5]. A consciência crítica desde tenra idade fez com que nosso autor baiano empreendesse ampla atuação literária em favor dos ideais da abolição da escravatura.

Era tudo que o momento pedia, diga-se de passagem. Alfredo Bosi lembra que a estreia em livro de Castro Alves, com *Espumas flutuantes* (1870), coincidiu com a crise do Brasil puramente rural, com o início do crescimento das cidades e, consequentemente, com uma florescente repulsa pela moral do senhor-e-escravo, que "poluía as fontes de vida familiar e social no Brasil Império"[6]. Daí, na visão do crítico, o corte profundamente intimista dos versos de Alves, dada a mescla entre o particular e o público, o estético e o político, temas

---

5 AMORA, Antônio Soares. *O romantismo*. 4. ed. São Paulo: Cultrix, 1973. v. 2, p. 190. | 6 BOSI, Alfredo. *História concisa da literatura brasileira*. 2. ed. São Paulo: Cultrix, 1975. p. 132.

necessários a uma "nação que [sobrevivia] à custa de sangue escravizado"[7]. A cor do sangue derramado – se a expressão é apropriada – é relevante aqui, porque está ligada diretamente ao sofrimento de um grupo arrancado da África e trazido à força para o Brasil. Mais uma vez, vale trazer "O navio negreiro":

Ontem a Serra Leoa,
A guerra, a caça ao leão,
O sono dormido à toa
Sob as tendas d'amplidão!
Hoje... o porão negro, fundo,
Infecto, apertado, imundo,
Tendo a peste por jaguar...
E o sono sempre cortado
Pelo arranco de um finado,
E o baque de um corpo ao mar...

---

7 BOSI, Alfredo. *História concisa da literatura brasileira*. 2. ed. São Paulo: Cultrix, 1975. p. 133.

Para Alves, tratar da instituição escravista também significava discutir a condição dos afrodescendentes. Não houvesse o autor de *A cachoeira de Paulo Afonso* (1876) e *Os escravos* (1883) falecido com tão pouca idade, talvez tivesse abordado a não integração do negro à sociedade de classes.

Nessa direção, segundo Afrânio Peixoto, o tema do negro penetrou em cheio as vozes e consciências do movimento abolicionista, "feito sinceramente com as emoções e as ideias de Castro Alves, que habituaram as gerações novas de seu tempo à piedade pelos cativos, à indignação contra o cativeiro"[8]. A escravidão passava a ocupar o primeiro plano composicional da mais refinada literatura brasileira, conforme as palavras de Ronald de Carvalho, para quem Castro Alves "fez do escravo senão a preocupação fundamental, ao menos um de seus mais altos obje-

---

8 PEIXOTO, Afrânio. *Castro Alves*. Rio de Janeiro: Jackson, 1944. p. 193.

tivos"[9]. Estamos diante, portanto, de um ponto de inflexão na história da poesia brasileira.

Antonio Candido[10] reconhece em Castro Alves a transição do "patriotismo ufanista" ao "patriotismo crítico", o que já prenunciava a atitude questionadora dos modernistas da década de 1920. Com Castro Alves, o negro, enquanto ser humano *e* problema social, recebeu atenção singular.

Portanto, este livro que o leitor tem em mãos pretendeu oferecer um panorama da poesia de Castro Alves, considerando o recorte empenhado do autor. O destaque aos textos cujo foco é a escravidão e seus desdobramentos faz parte do intento de lançar luz, nos dias de hoje, sobre momentos decisivos de nossa literatura e da história da sociedade brasileira. Afinal, como escreveu o poeta, "'Stamos em pleno mar".

---

9 CARVALHO, Ronald de. *Pequena história da literatura brasileira*. Rio de Janeiro: F. Briguiet & Cia. Editores, 1953. p. 240. | 10 CANDIDO, Antonio. *Formação da literatura brasileira*. Belo Horizonte: Itatiaia, 1975. v. 2, p. 203.

REFERÊNCIAS

AMORA, Antônio Soares. *O romantismo*. 4. ed. São Paulo: Cultrix, 1973. v. 2.

BOSI, Alfredo. *História concisa da literatura brasileira*. 2. ed. São Paulo: Cultrix, 1975.

CANDIDO, Antonio. *Formação da literatura brasileira*. Belo Horizonte: Itatiaia, 1975. v. 2.

CARVALHO, Ronald de. *Pequena história da literatura brasileira*. Rio de Janeiro: F. Briguiet & Cia. Editores, 1953.

CHALHOUB, Sidney. *Machado de Assis historiador*. São Paulo: Companhia das Letras, 2003.

HOBSBAWM, Eric J. *A era das revoluções*. Tradução: Maria Tereza Lopes Teixeira e Marcos Penchel. 3. ed. Rio de Janeiro: Paz e Terra, 1981.

HUGO, Victor. *Do grotesco e do sublime*. Tradução: Célia Berrettini. 2. ed. São Paulo: Perspectiva, 2004.

PEIXOTO, Afrânio. *Castro Alves*. Rio de Janeiro: Jackson, 1944.

TELES, Eduardo. *Castro Alves e o sonho de liberdade*. Salvador: Secretaria da Cultura e Turismo; Fundação Cultural do Estado da Bahia, 2001.

Luiz Henrique Oliveira é doutor em Teoria da Literatura e Literatura Comparada pela Universidade Federal de Minas Gerais (UFMG) e professor do Programa de Pós-Graduação em Estudos de Linguagens e da graduação em Letras (Tecnologias da Edição) do Centro Federal de Educação Tecnológica de Minas Gerais (Cefet-MG). Autor de *Poéticas negras* (2010) e *Negrismo* (2014).

“Tragédia no mar”, o filme subversivo

por Elisa Lucinda

“Estamos em pleno mar”: esse foi o verso que se instalou no meu peito como metáfora, como cenário, como ambiente geográfico emocional por onde navegaremos para entrar na experiência do verdadeiro longa-metragem que é “O navio negreiro” e do que há entre esse poema de contornos épicos, Castro Alves e a história do Brasil.

Oriundo de família rica, criado em berço de ouro na classe a que chamam nobre, Castro Alves foi filho de dona Clélia, de quem ficou órfão aos doze anos, e de Antônio José Alves, médico muito conceituado, sobretudo na sociedade baiana. Mas quem realmente era esse filho da burguesia que, aos dezesseis, já escrevera seu primeiro poema abolicionista, "A canção do africano"? Castro Alves era um inconformado jovem poeta da terceira geração do romantismo. Ele entrou de cabeça na arte literária, fazendo de seus discursos poesia, a fim de se tornar um ativista político urdido na crítica social, tramado a ela. A primeira geração dos românticos queria um "eu nacionalista", indianista, um lugar de pátria nossa, mas sem os negros. A segunda se perdeu no próprio umbigo existencialista e melancólico, chegando a ser chamada de "geração mal do século", enquanto a terceira se espraiava nos deslimites da crítica social, no combate ao império e na busca do ideal republicano.

Castro Alves jamais elidiu o recorte racial de sua visão sociológica. Sua notável coragem de, com o verbo, cortar a própria carne até hoje causa espanto. Escreveu e descreveu o navio negreiro como um lugar de tortura. Não escamoteou verdades, não "dourou a pílula". Como homem branco, teve a coragem – que nenhum deles até então tivera – de "confessar" as barbaridades da etnia branca no trato violentamente abusivo com a etnia negra. "Cecéu", como era amorosamente chamado pela família, viveu sempre em amplo conforto racial, numa terra cujas diretrizes eram dadas por homens brancos racistas, que negavam, todo o tempo, as atrocidades de seus métodos de enriquecimento material.

Nosso poeta também poderia seguir assim, anestesiado do mundo, não fosse a sua percepção, já na infância, do que acontecia à sua volta. Por isso, mesmo branco, escreveu abolicionistamente, como se fosse seu o protagonismo da batalha. Chamou para si a luta. O país da infância costuma ser o ninho dos poetas, sua raiz, seu leite, sua seiva. Antônio Frederico, o pequeno Castro, se horrorizou com a visão do escravizado torturado até a morte, carregado à vista de todos como símbolo de coerção e domínio. Mesmo quando não o via, ouvia-lhe os gritos. Fujões eram recapturados à luz do dia, pois a noite nos é estrategicamente mimetizante e confunde os capitães do mato. Além do mais, eram também punidos exemplarmente, à luz do mesmo dia, esses que ousaram escapar. O comércio de gente, naturalizado pela Casa-Grande, não era ilegal, portanto sua logística crudelíssima compunha o cotidiano de toda a sociedade brasileira.

Era muito, para um coração de poeta, que se açoitasse alguém até a morte. Era demasiado malévolo e angustiante para um romântico revolucionário permanecer em silêncio, sendo cúmplice desse conjunto de crimes com extensão internacional. Sua alma lírica, amorosa, desejante não se diluiu em privilégios, não se acovardou diante da necessidade dessas batalhas. Um jovem rico, tuberculoso, numa época em que ter tuberculose era sentença de morte, mergulhou no pântano das profundezas de sua alma pisciana e a tudo se entregou com paixão. Não é difícil entender de onde brotou tamanha empatia com o sofrimento a que ele assistia, inconformado, ser infligido a grande parte da civilização negra. Seu pai, o doutor Antônio José, era um médico respeitado não só pela competência, mas principalmente pela generosidade, que fazia com que jamais cobrasse as consultas dos pobres. Para os desvalidos, seu pai era um voluntário.

Viviam numa sociedade que sangrava. Tudo que significava prosperidade para os donos de engenho tinha sangue no processo. Muito sangue. Aproximadamente cinco milhões de negros foram sequestrados de suas terras, num Holocausto que durou mais de três séculos. Era uma carnificina, e ninguém antes de Castro tivera a coragem de abrir as cortinas reais desse teatro de horror que, até hoje, nossa história oficial não teve ainda a dignidade de contar. Castro Alves teve. Não foi covarde. Ninguém fizera o filme de Castro até aquela hora.

Gênio da poesia, precoce cidadão, virou símbolo dessa terceira geração de românticos não só porque acreditava no olhar amplo, capaz de avistar horizontes como uma grande ave que tudo sobrevoa, mas também porque era ele, com seus voos analíticos que jamais se afastavam do conceito da liberdade, a própria representação da ave. Suas declamações se davam em púlpitos, coretos, balcões, tribunas, teatros, comícios nas universidades, mantendo todos siderados e alçados aos voos que sua palavra propõe. Por causa dessa ideia é que essa geração foi chamada de condoreira, representada pela maior ave das Américas, a que sobrevoa os Andes: o condor, símbolo da magnitude e da liberdade, que se transformou em espelho para os escritores da época. De certa forma, Castro Alves já planta, em sua obra, uma semente do Realismo por vir, do qual Machado de Assis foi grande expoente. E é o próprio Machado quem o alcunha de "poeta dos escravos" e "poeta republicano", ao que Castro Alves responde: "Ser chamado de 'poeta dos escravos' é uma honra. Acho, porém, que não diz tudo; sempre quis ser 'o poeta da Liberdade'." Ao mergulhar em sua obra, é fácil testemunhar a confirmação de seu desejo. O poeta estava incluído numa radical defesa dos afrodescendentes e tinha total consciência da intervenção social que a poesia pode exercer. E não estava absolutamente só. Olavo Bilac também entendia a arte como forma de educação histórica e política: "A arte não é, como querem ainda alguns sonhadores ingênuos, uma aspiração e um trabalho à parte, sem ligação com as outras preocupações da existência... As torres de ouro ou de marfim, em que os antigos se fechavam, ruíram desmoronadas... Só um louco – ou um egoísta monstruoso – poderá viver e trabalhar consigo mesmo, trancado a sete chaves dentro do seu sonho, indiferente a quanto se passa cá fora, no campo vasto em que as paixões lutam e morrem... em que se decidem os destinos dos povos e das raças..."

Quando Shakespeare disse que os poetas eram os melhores narradores, operou-se em mim uma epifania das mais clarividentes. Afinal, o poeta é um tradutor. O seu serviço é tridimensional também, e ele o realiza esculpindo, com palavras, a realidade do que quer transplantar, confiando na literatura como equipamento audiovisual. É mesmo esse o nosso ofício: trazer para dentro da página o sol imenso, os raios, o sangue, as lágrimas, os infinitos amores, as irrepetíveis auroras, as arqueológicas tristezas. Independentemente da tempestade, das cheias, dos maremotos, suas águas devem caber na página. Não está em cogitação que não caibam. O poeta é um tradutor. Castro Alves é o cineasta dessa tradução. E "O navio negreiro" é o filme que nós ainda não fizemos.

Além de uma linguagem literária repleta de simbologia, nosso poeta recorreu ao método injuntivo, que invoca e fala sem cerimônias ao leitor. O certo é que todos nós sucumbimos ao tapete vermelho que Castro Alves estende no mar do começo do poema. Nós confiamos em suas palavras. São nossa trilha. E vamos com ele, o cicerone do passeio:

> 'Stamos em pleno mar... Doudo no espaço
> Brinca o luar – dourada borboleta;
> E as vagas após ele correm... cansam
> Como turba de infantes inquieta.
>
> 'Stamos em pleno mar... Do firmamento
> Os astros saltam como espumas de ouro...

O mar em troca acende as ardentias,
– Constelações do líquido tesouro...

'Stamos em pleno mar... Dois infinitos
Ali se estreitam num abraço insano
Azuis, dourados, plácidos, sublimes...
Qual dos dois é o céu? qual o oceano?...

Observe bem que essa espécie de prólogo é nossa verdadeira danação. Nos seduz para um oásis. As imagens do diretor de fotografia nos mostram as ondas do mar, que ele chama de vagas, ora como espumas, ora como corcéis num deserto onde a mesma espuma é poeira, pó. Tudo preparado pela excelente direção de arte da obra. E segue nos levando ao inocente passeio pela nave do seu olhar, no navio do seu verbo que segue o navio de dois mastros, que chama de brigue. Sua pintura – impressionista pela ligeireza, realista pela precisão – nos põe diante do rastro das ondas deixado pela proa, vestígios que se desmancham velozmente, e concordamos com ele que já não sabemos, diante de tantos azuis, onde fica o céu e onde fica o oceano. Com essa abertura dos trabalhos, ele não nos dá nenhuma dica, nenhum *spoiler*. Se parássemos aí, nas três primeiras estrofes, acharíamos ter perdido apenas um bom divertimento bucólico na praia. Mas peço vossa atenção, pois já no fim do primeiro canto surge, como quem não quer nada, o principal personagem, a principal chave, sem a qual não teríamos ângulo para "ler" verdadeiramente tais versos, para testemunhar, como num bom camarote, a cena. Trata-se do senhor albatroz, a quem o poeta pede uma voltinha, uma carona, e implora:

> Albatroz! Albatroz! águia do oceano,
> Tu que dormes das nuvens entre as gazas,
> Sacode as penas, Leviatã do espaço,
> Albatroz! Albatroz! dá-me estas asas.

Aos 21, o revolucionário autor desses versos queria olhar de cima o espetáculo, queria um lugarzinho, um cantinho na asa do bicho. Castro conhecia o navio, sabia o que era desde o começo, mas nos enganou. Tratou-o como uma escuna, um navio hospitaleiro, com seus marinheiros trabalhadores em busca de relações, terras, comércios, alimentos. Como um exímio ocultador de pistas, retirou da sinistra embarcação todas as suspeitas. Preservou, como um verdadeiro Hitchcock, hoje diríamos, o suspense. Foi matemático no preparo da tensão, como um arauto das tragédias. E o fez tal qual o caprichoso alquimista, ou o precioso lavrador, que prepara bem a terra para receber o tipo da semente que vai nela plantar. Trouxe para a literatura o que ainda nem havia sido criado na indústria cinematográfica, porque ainda nem havia indústria cinematográfica, porque nem havia cinema. Mesmo em

1868, Castro se utilizou de uma grua, de um *drone*; foi essa a função da asa da águia do oceano, do leviatã do espaço. A partir desse momento, o poeta sobe na asa do obediente albatroz e avança sobre essa paisagem de outro ângulo. Na mesma asa, tem lugar para nós, os aturdidos leitores, que, sem cinto de segurança, topamos a inusitada aventura.

Castro Alves ainda nos encanta mais um pouco com suas pictóricas figuras: as canções dos marinheiros, as bravatas náuticas, os versos das criaturas do mar, o brio dos conquistadores. E saúda a todos os bravios capitães com suas frotas. O poeta baiano aproveita toda a sua ternura oral para nos levar à visão panorâmica sobre o "barco ligeiro" que fugia dele, até antes de ser também passageiro na boleia da ave. É quando, no início do terceiro canto, ele, também piloto daquele voo, humildemente ordena ao albatroz:

Desce do espaço imenso, ó águia do oceano!
Desce mais... inda mais... não pode olhar humano
Como o teu mergulhar no brigue voador!

Nesses versos, Castro atua como nosso guia em tal turismo de horror, do qual ainda nada sabemos, reconhecendo a acuidade do olhar da ave, que, de longe, mergulha no navio veloz. Pede-lhe que desça mais, para que ele, pobre humano, possa ver com mais nitidez o que acontece dentro da embarcação. É aí que nos invade, que nos bate à cara, o inferno de Dante, o cheiro do terror:

Mas que vejo eu ali... Que quadro d'amarguras!
É canto funeral!... Que tétricas figuras!...
Que cena infame e vil!... Meu Deus! meu
[Deus! Que horror!

IV
Era um sonho dantesco... o tombadilho
Que das luzernas avermelha o brilho,

Em sangue a se banhar.
Tinir de ferros... estalar de açoite...
Legiões de homens negros como a noite,
Horrendos a dançar...

[...]
E ri-se Satanás!...

O corajoso ativista nos desvenda o que vê de cima: o espetáculo da tortura e morte que acontece durante o sequestro do povo africano. Dos brancos, ninguém demonstrou essa coragem em versos. Só Castro teve a grandeza da mea-culpa quando abriu a caixa de Pandora com seu requinte de crueldades que não poupam crianças, mulheres grávidas, puérperas, velhos, ninguém. Ninguém é poupado no comércio de gente em que a medida de uma peça-padrão de negros, às vezes, era completada por um bebê para atingir a exata metragem pedida pelo senhor de engenho. Era isto: compravam-se peças de negros como se compram tecidos. Do ponto de vista humanitário, era medievalmente violento esse indecente e grande negócio. Tráfico internacional de pessoas. Um inferno na Terra. O reino da maldade. Ora, não havia terceira via quanto à escravatura. Não havia lugar em cima do muro para Castro. Ou se era abolicionista, revolucionário, utopista, ou se era escravocrata. Não havia caminho do meio. O coração do poeta tinha o tamanho do mundo, e isso não era negociável.

Na aula de história que nos dá com esse poema, Castro Alves contrariou a burguesia, os donos de escravizados, os mandantes do crime. Descreve o horror do jorrar do sangue, do tinir dos ferros, da loucura à qual sobre-humanos castigos nos levam. Conseguimos ver lá de cima, na asa da soberana ave, as correntes, seus elos, suas tristes cirandas de anéis em "doidas espirais". Instantaneamente, aqueles inocentes marinheiros do primeiro canto, que chamei de prólogo, são agora os vilões sádicos cujo trabalho é aprofundar o sofrimento de quem já está violentado psicológica e emocionalmente pelo sequestro de sua estrutura territorial e cultural.

Estamos falando de um homem que não se calou e não topou o silêncio dos malfeitores. Foi logo notado por José de Alencar, que o apresentou a Machado de Assis com as seguintes recomendações: “Seja o Virgílio do jovem Dante, conduza-o pelos ínvios caminhos por onde se vai à decepção, à indiferença e finalmente à glória, que são os três círculos máximos da divina comédia do talento.” E ele a cumpriu. O poeta dos escravizados se embrenhou na luta abolicionista com tudo o que ela implicava e que pudesse caber no bico do poema: as articulações subversivas, o incentivo e a facilitação de insurreições e fugas para os quilombos, entre outros aspectos. Como não estudamos nas escolas o lindo Estado revolucionário que foi Palmares, o qual durou cem anos, pouco ficamos sabendo de quem vivia nos quilombos. Não eram só negros e indígenas. Eram todos que se insurgiam contra aquele sistema crudelíssimo a céu aberto: os poetas, os artistas, os gays, os sensíveis burgueses que não aguentaram a carnificina instalada em suas senzalas cotidianamente. Os filhos das casas nobres iam estudar em Paris e retornavam humanistas, filósofos demais, para se deparar com a vergonha remitente de pertencer à pátria que seria a última a libertar seus explorados prisioneiros.

Quando traz o "baque do corpo no mar", Castro Alves denuncia o horror que a Igreja Católica abraçou, que o padre jamais condenou. Não era pecado matar um negro a açoitadas. Não era anticristão arrancar uma criancinha de um peito negro para que o filho do branco se alimentasse do mesmo peito.

Não era matéria de confessionário. Castro pôs o cadáver na mesa da intelectualidade. O corpo morto daquele que, na extrema pressão da violência do trajeto, preferiu a morte nas águas, ou daqueles que eram jogados intencionalmente pelos traficantes, porque estavam muito doentes e poderiam contaminar toda a "mercadoria". O corpo preto morto, com seu som oco no mar bravio, foi colocado na tribuna por Castro Alves e trouxe enorme desconforto para a elite. Ninguém queria ver aquilo, falar daquilo, não lhes interessava.

A situação do tráfico de pessoas era desumana, cruel, injustificável, indefensável, mas, além de sustentar o império e seus privilégios, era acometida por uma espécie de cegueira combinada. Mesmo entre a famosa e sempre tão comentada "gente de bem". Para a branquitude local e nacional, era um acinte aquele poema de fratura exposta, o qual revelou os ossos da realidade coagulada que ela queria esconder. Mas Castro Alves trouxe o Pelourinho aos salões da Casa-Grande. Não como um voyeurista de sádicos fetiches, mas como um destemido antirracista que tem consciência histórica do "esquema". Por isso, mais que um Debret ou um Rugendas, ouso dizer, Castro Alves tomou partido dos fracos e assumiu saber que os negros antes eram reis em sua terra, que dominavam tecnologias de cultivo, mineração, irrigação, colheita e garimpo, e que sua mão de obra e sua tecnologia eram depois roubadas e usurpadas em favor dos exploradores na tragédia do mar. Tanto que, muito mais tarde, o poeta Solano Trindade escreveria:

> Lá vem o navio negreiro
> Cheinho de inteligência...

Sim, Castro sabia que os tumbeiros vinham lotados de um saber precioso demais para os vilões poderosos da época. E faz, dentro do poema, a defesa humana desses povos que, na escravização, não eram nem sequer "livres para morrer". Castro apresentou esses corpos à academia, na cara de todos. Queria justiça.

A coisa era tão densa, o filme-poema era tão desconcertantemente realista, que ninguém em sã consciência ousara dele duvidar. Seu conteúdo era incontestável. Nem o mais tradicional e cínico conservador, nem o mais competente deles se atreveram a acusar "O navio negreiro" de ficção. É um documentário filmado com várias câmeras. Retrato tirado da asa do condor, visão privilegiada do poeta-condoreano. E não precisou inventar, só arrumou palavras para compor cada *frame* do que ali já existia. O poeta da liberdade, como ele gostaria de ser chamado, não saberia roteirizar tal horror. Ninguém o peitou, ninguém o desafiou afirmando que a realidade de "O navio negreiro" era ficção! Quem ousaria? Era indiscutível, a despeito de ser um poema baseado em fatos. Cada abordagem, cada tecido e cada ângulo analítico do poema oferecem câmeras novas, variadas lentes, que dão ao campo do real mais possibilidades de leitura. Foco nos detalhes. Por isso, o poema tem cheiro de morte. Logo, logo, vamos entendendo que aquele "tapete vermelho" que nos é estendido no primeiro canto não era metafórico: foi sangue mesmo o que manchou de vermelho o oceano.

Mais à frente, temos a cena do poeta peitando Deus, em duelo com ele, cobrando uma ação, uma providência divina. Ele se dirige diretamente ao Deus específico dos desvalidos:

> Senhor Deus dos desgraçados!
> Dizei-me vós, Senhor Deus!
> Se é loucura... se é verdade
> Tanto horror perante os céus?!

Não satisfeito, em seu caminho apócrifo, o inspirado poeta conclama as formas de Deus, os mares, os trovões, as tempestades: por que são cúmplices de tamanho horror? Por que são condescendentes? Em "Vozes d'África", a própria África indaga sua desdita e expõe o privilégio das irmãs, Europa e Ásia, em detrimento de sua sorte. Ele vai para o ringue. Escolheu, no poema, uma instância acima de todos para discutir o grande drama. Foi se ver com Deus, e, ao fazer isso, ao questionar como o reino divino se cala diante da chacina, sua esgrima de verbo atinge também a Igreja Católica, tão cúmplice dos vis mercadores que cuidou de criar a teoria de que negros não eram humanos, mas "coisas", portanto poderiam ser vendidos, comprados e assassinados. Para essa escória poderosa, estaria sempre garantido o reino dos céus. Seu poema, de certa forma, era blasfemo e confrontava o poder religioso aliado aos crimes.

Depois, o poeta vai se entender com a Musa e a questiona sobre a gênese daquela gente negociada como mercadoria perecível. Afinal, grande parte da "carga" se perdia "tendo a peste por jaguar" dentro do navio infecto numa viagem de meses. Tanto que mudou a rota dos tubarões do mar. Vorazes fregueses, os animais já contavam com o costumeiro banquete: corpos negros no oceano. Parece mesmo um filme. Mais adiante, passada a discussão da relação com o Criador, vem o pior: Castro esfrega a verdade na cara de todo mundo. Não há outra expressão. Vou tentar: Castro Alves expõe as vísceras da insensatez genocida que mancha a nossa bandeira e dá uma chacoalhada geral, a ponto de balançar os pilares imperiais e calar a turba, que não tem outra saída a não ser vestir a carapuça:

> Existe um povo que a bandeira empresta
> P'ra cobrir tanta infâmia e cobardia!...

E deixa-a transformar-se nessa festa
Em manto impuro de bacante fria!
Meu Deus! meu Deus! mas que bandeira é esta,
Que impudente na gávea tripudia?

A Musa não sabe responder e chora. Não tem o que responder. É crime hediondo o tema dessa literatura. Castro é subversivo de fato aí. Chega a vaticinar que melhor seria rasgar o pendão, rasgar a bandeira:

Antes te houvessem roto na batalha,
Que servires a um povo de mortalha!

Incontestável, irrebatível, o poema anuncia a inescapável chegada da república e o caráter insustentável da sangrenta empreitada escravocrata. Afinal, havia um reboliço no país: muitos queriam a república, e outros muitos demandavam a abolição da escravatura.

Então, nosso poeta chega à conclamação última dos revolucionários, da esquerda e dos progressistas. Não há mais como fingir que isso não está acontecendo. Para que serviriam a inteligência e a sensibilidade dos escritores? Dos vanguardistas? Dos revolucionários? Nenhuma literatura vale a tinta que escorre das nossas penas, enquanto o sangue corre visível e invisível nas minas do ouro, das pedras preciosas, dos algodoais. As ações quilombolas avançam no país. Fazendas são incendiadas, estratégias de guerra e resistência são montadas, numa orquestra incessante entre abolicionistas e quilombolas. Fogo nos racistas. Castro chama todo mundo para o jogo e os desafia bravamente, sem deixar de fora nem José Bonifácio de Andrada, nem Cristóvão Colombo:

> Levantai-vos, heróis do Novo Mundo!
> Andrada! arranca esse pendão dos ares!
> Colombo! fecha a porta dos teus mares!

Até os dias de hoje, há muitos brancos que se envergonham dessa sua herança maldita, e a maioria se entende, algumas vezes desconcertantemente, como sucessor de um vil senhor de escravizados, e ponto. Mas pode não ter sido bem assim. Castro Alves não era o único sensível às mazelas desse Holocausto. Outros brancos de ideais abolicionistas se juntaram à luta e foram, por isso, excluídos do clã: são anônimos, parentes desconhecidos, citados por alto de vez em quando por um ou outro membro, mas é assunto proibido. Não constam nos álbuns da família. Não são lembrados, mas existiram. São as ovelhas rebeldes que pensaram diferente do rebanho. São os inconformados, que não aceitaram aquela miséria humana produzida pela própria família.

O poema nos pergunta: onde estão os herdeiros de Castro Alves? O que fazem hoje os progressistas em relação a esse tema?

Até hoje, mesmo entre os mais rebeldes defensores da democracia, há aqueles que nutrem, sem saber, péssimos costumes da Casa-Grande. Naturalizam o conceito de superioridade étnica branca sobre a etnia negra e não pensam nisso, só agem. Está posta essa supremacia, e ela aparece com suas múltiplas faces: oferece comida de menor qualidade aos funcionários negros; nega anestesia aos enfermos negros, porque esses, "naturalmente", aguentam mais a dor; não celebra casamentos inter-raciais; concentra os melhores cargos nas mãos brancas; não frequenta lugares de hegemonia negra; cria verdadeiros nichos de apartheid social, envenenando a natural diversidade dos coletivos.

Como o ovo da serpente, o mesmo racismo que patrocinou o tráfico internacional e intercontinental de gente para gananciosos fins escravocratas foi trazido até os tempos atuais por um sistema contaminado e seus coniventes gestores. E até hoje não deixa o povo negro em paz um só minuto. Portanto, as palavras abolicionistas de Castro Alves reiteradamente nos indagam: onde estão os herdeiros desses versos? Onde estão, que não respondem? Em que mundo e em que estrelas se escondem?

Tenho certeza de que o bravo, corajoso, brilhante, destemido, eloquente, combatente e genial poeta baiano, quando nos leva a subir na asa da grande ave para enxergarmos o espetáculo, ou melhor, o filme de terror do Holocausto negro, espera mais de nós. Sua morte precoce depois de perder um pé, o amor de sua grande amada Eugênia Câmara, a saúde definitiva dos pulmões aos 24 anos: nada foi em vão. Seu poema é o nosso filme de época que vale para os tempos atuais. Mas ele não espera que fiquemos paralisados diante do horror. Não. Pelo contrário, espera de todos nós uma vida cotidianamente antirracista quando aterrissarmos das asas do albatroz.

Elisa Lucinda é poeta, atriz, cantora, jornalista e professora. Tem dezenove livros publicados, entre eles livros infantis, e é responsável por projetos que popularizam a poesia para todas as idades. Ganhou o Prêmio Especial do Júri do Festival de Cinema de Gramado, pelo conjunto da obra, no ano de 2020. Em 2021, tomou posse na Academia Brasileira de Cultura, ocupando a cadeira de Olavo Bilac.

Castro Alves, poeta da liberdade

por Tom Farias

Quando Castro Alves nasceu, haviam se passado doze anos desde a eclosão da Revolta dos Malês na capital baiana. Liderado por escravizados, sobretudo mulçumanos, o levante de janeiro de 1835 movimentou o mundo político e senhorial do poder de Salvador, pondo sobressaltadas as autoridades e a população em geral. Faço tal preâmbulo para solenizar a escravidão na obra do autor e, principalmente, destacar que esse tema não foi mera casualidade que cruzou seu caminho.

Antônio Frederico de Castro Alves teve uma vida breve, mas marcante. Morto aos 24 anos no Solar do Sodré, edifício no Centro de

Salvador que pertenceu à sua família – e ainda está de pé –, o poeta passou à história sob a alcunha de "poeta dos escravos", tendo vivido em alto grau tudo o que um jovem bem-nascido e bem-criado, além de possuidor de notável talento artístico, pode usufruir.

O contexto do seu nascimento está inserido em uma ordem social e econômica importante para a Bahia e para o Brasil. A Bahia se notabilizou, desde o século XVIII, como um dos maiores mercados da mão de obra escravizada do país. A grande demanda de plantio da cana-de-açúcar, com inúmeras criações de engenhos e pequenas fazendas, bem como a lavoura de fumo, contribuiu para o interesse de senhores por levar grupos específicos de negros e negras para aquela região do país.

Na disputa regional pelo braço escravizado, a Bahia lutava no mesmo ritmo de regiões como Rio de Janeiro, Minas Gerais,

Maranhão e Pernambuco. Todos esses postos demandavam um "tipo" de escravizado habilitado para determinada ordem de trabalho braçal – fosse do plantio, da agropecuária, do fumo, da pesca, da mineração. E a Bahia não ficava para trás nessa enorme demanda, cujo fluxo, mesmo após as leis Diogo Feijó, de 1831 e 1850, continuou quase normal.

Castro Alves é oriundo de família de grandes posses da Bahia. O pai, médico e professor, mais conhecido como dr. Alves, era um homem culto e bem-relacionado, influente na sociedade de toda a província; já sua mãe era filha de um major, de nome José Antônio da Silva Castro, tido como herói da Independência (1822), desbravador do sertão baiano, onde nasceu e se criou, sob seguidas lendas de bravuras e atrocidades. Não é de todo ilusório dizer que, por parte dos lados materno e paterno, Castro Alves teve uma ascendência misturada, de sangue espanhol, indígena e negro-africano. A sua tez juvenil denuncia tais característicos traços.

Pertencendo a uma família abastada, dona de fazendas e outros bens, é indubitável que a vida do poeta tenha sido marcada pela presença de negros escravizados. Na infância, foi cuidado pela mucama Leopoldina, que lhe narrava lendas e histórias do sertão, e cujo filho, Gregório, lhe serviu de pajem. No ambiente da fazenda, sobretudo da Cabeceiras, onde nasceu, a presença de corpos negros escravizados era normalizada. Outro fator decisivo na história do poeta é que a província da Bahia, como um todo, sempre esteve sobressaltada por rebeliões e revoltas escravas. Por volta de 1835, ano da Revolta dos Malês, a cidade de Salvador tinha cerca de 29,8% da população entre "afro-brasileiros, nascidos livres ou ex-escravos, e os africanos libertos", de acordo com o historiador João

José Reis[1]. Fato é que as rebeliões eram tão comuns e a presença de negros e negras era tão grande e manifesta por toda a parte que assomava o temor das autoridades e da sociedade branca, expressivamente em menores números. O presidente da província, certo Francisco de Souza Martins, no mesmo ano de 1835, chegou a declarar, receoso do pior: "A classe dos pretos superabunda imensamente a dos brancos."[2]

Anos depois, é certo que o menino Castro Alves ainda tenha presenciado muito do rescaldo dessas revoltas, uma vez que os negros continuaram a ser perseguidos e mortos, às vezes pelo simples fato de serem suspeitos. Pelo menos de 1835 até 1860, a repressão a grupos negros organizados aumentou muito no torrão baiano. Os revoltosos malês foram,

---

1 REIS, João José. *Rebelião escrava no Brasil*. São Paulo: Companhia das Letras, 2003. p. 24. | 2 REIS, João José. *Rebelião escrava no Brasil*. São Paulo: Companhia das Letras, 2003. p. 25.

sem piedade, massacrados pela guarda armada e pelas autoridades, fuzilados após o egrégio tribunal sumário, em que não tinham qualquer chance de defesa ou, ainda, banidos do território da Bahia, alguns até supostamente mandados de volta para o continente africano[3]. Formado em medicina em 1841, o dr. Alves deve ter assistido muitos feridos e doentes, negros e brancos, das escaramuças ainda advindas de confrontos nas ruas da cidade, mesmo passados tantos anos após o levante sangrento. Em depoimentos, alguns dos negros à época interrogados chegaram a falar em "uma guerra dos pretos", o que deu ensejo para que os brancos revidassem, como assinalam alguns historiadores, a exemplo de João José Reis.

---

3 Sobre o tema, pode-se consultar o belo artigo de DIANNA, Eduardo Matheus de Souza. Salvador em revolta: alguns olhares para revolta islâmica na Bahia em 1835. *Trilhas de História*, Três Lagoas, v. 5, n. 10, p. 145-161, jan./jun. 2016.

A mente de Cecéu absorveu de forma acachapante todo esse clima de insegurança, violência e incerteza. De acordo com fontes de condiscípulos e amigos próximos de sua meninice, o poeta foi uma criança dócil, sensibilizada emocionalmente após a perda precoce da mãe (1859)[4] nessa época do Ginásio Baiano, "muito verde de idade, muito afável, de índole benévola, fisionomia por extremo simpática, olhos grandes quase à flor do rosto, fronte alta e espaçosa, estimadíssimo no colégio [Ginásio Baiano] pelo diretor [Abílio César Borges], professores e condiscípulos, alguns dos quais lhe chamavam Cecéu, nome que lhe dera a família"[5].

Outro fator que muito contribuiu para sua constituição mental enquanto poeta foi a desinibição, explícita desde os bancos

---

4 O irmão mais velho, José Antônio, não suportaria a morte da mãe e, logo depois, cometeria suicídio. Era também poeta. | 5 PEIXOTO, Afrânio. *Castro Alves*. 2. ed. São Paulo: Companhia Editora Nacional, 1942. p. 16.

escolares, quando manifestou muito precocemente o pendor para a declamação e a poesia. O Ginásio Baiano, onde não se infligiam castigos físicos aos alunos, como era norma corrente sob a pedagogia da palmatória, se localizava de início no Barbalho, já nesses tempos tradicional bairro de classe média de Salvador. Povoado por senhores abastados financeiramente, no perímetro do centro da cidade e com localização estratégica, pois ficava perto do Porto, era um ponto de enorme concentração de negros, ou seja, um "mercado", no amplo sentido da palavra. Com os irmãos, o menino Castro Alves por lá passava todos os dias a caminho do colégio. Sua visão tudo captava, assim como seus ouvidos. Conhecido por sua adesão às teorias raciais da época, o médico e antropólogo baiano Nina Rodrigues, referindo-se ao geógrafo Élisée Reclus, fala dos cantos entoados pelos negros, sobretudo os nagôs, os mesmos oriundos das revoltas: "Na Bahia, os pretos cantavam estribilhos da África, servindo-se da sua velha língua para as cerimônias de feitiçaria."[6]

Fossem "feitiçaria" ou cantos dos versos de sagração e superação do árduo trabalho de carga e descarga no Porto de Salvador, o certo é que as melodias, como lamentos genuínos de uma raça, ficaram indelevelmente impregnadas na memória de Castro Alves, elevando-se em notas e estrofes que, compostos muitas vezes de improviso, desde então, passaram a fazer parte do seu repertório poético.

É de 1831 a criação da Lei Feijó, que proibia a entrada de escravizados "no território e portos do Brasil", e é de 1835 a Revolta dos Malês, eclodida em Salvador. Para se ter uma ideia, em 1835, o número de escravizados em circulação

---

6 RECLUS, Élisée. *Estados Unidos do Brasil*. Tradução: B.-F. Ramiz Galvão. Rio de Janeiro: H. Garnier, 1900. p. 217.

no perímetro da cidade era de 27.500 indivíduos, estimados em 42% do total da população[7]. O grande influxo desse movimento populacional impactava fortemente a sociedade local, em todos os sentidos. Tudo isso vai ficar marcado, certamente, na memória do jovem que se descobre poeta desde a juventude – tanto é que seu poema "A canção do africano" é datado de 1863, escrito entre os quinze e dezesseis anos, quando estreia em jornal.

Trata-se de um contundente poema de teor social, bem precoce, diga-se de passagem. Nele, Alves fala de uma pauta comum, corriqueira talvez, para sua experiência de vida, em que as palavras "escravo" e "senzala" aparecem pela primeira vez em sua poesia, pelo menos de que se tem notícia.

---

7 REIS, João José. *Rebelião escrava no Brasil*. São Paulo: Companhia das Letras, 2003. p. 24

Esse é um tipo de poema que, desde cedo, vai denunciar a verve criativa de Castro Alves, que tende a se agigantar com o passar dos anos. Jovem e perspicaz, desinibido e bem-falante em público, o poeta é arguto em olhar tudo o que está ao seu redor. Obviamente, vivendo numa cidade como Salvador, com um enorme contingente populacional negro que cruza o seu caminho todos os dias, o jovem de forte pendor artístico logo se apercebe do contraste entre a vida que leva e a sorte de muitos homens e mulheres escravizados, entre os quais velhos e crianças, que lhe nublam a visão. A centelha do abolicionismo e da República já está no sangue de suas veias.

Quando se desloca de Salvador, na Bahia, para o Recife, em Pernambuco, visando aos preparatórios ao ingresso no curso da Faculdade de Direito, já vai com ele essa centelha mágica da indignação, como demonstra no poema "Ao romper d'alva":

Senhor, não deixes que se manche a tela
Onde traçaste a criação mais bela
De tua inspiração.
O sol de tua glória foi toldado...
Teu poema da América manchado,
Manchou-o a escravidão

Prenunciava assim, já nos bancos escolares do Ginásio Baiano, entre os treze e catorze anos, essa forte inclinação para a poesia. Numa ocasião, para solenizar o aniversário "do seu diretor", compõe versos que vão ser estampados numa das publicações impressas pelo próprio educandário, onde também se revelaria outro poeta, Ruy Barbosa, que se torna seu amigo. O menino Castro assim saúda o professor Abílio César Borges, o afamado Barão de Macaúbas[8], considerado um dos mais proeminentes edu-

---

8 Raul Pompeia, aluno do Colégio Abílio, no Rio de Janeiro, se inspirou na instituição, dirigida pelo mesmo Abílio César Borges, para escrever seu famoso *O ateneu*, publicado originalmente em 1888, primeiro em folhetins da *Gazeta de Notícias* e logo depois em livro.

cadores brasileiros de todos os tempos. Eis um trecho do poema, intitulado "Colegiais":

> O anjo, que à mocidade
> Dos rigores libertou.
>
> Baixou este grande homem,
> Que tanto anima a instrução
> Estimulando co'amor
> O infantil coração.

O trecho "Dos rigores libertou" não agradou o dr. Alves, que, como médico, queria outro destino para o filho, longe das letras, especialmente da poesia[9].

A fortuna poética de Castro Alves desabrochou no Recife, onde sua verve literária

---

9 Os dois irmãos de Castro Alves, José Antônio e Guilherme, também seriam poetas. O primeiro, mais velho, jamais se recuperara da dor pelo falecimento precoce da mãe e se matou. O terceiro, já que Castro era o do meio, chegou a publicar um livro de poemas, logo após a morte do irmão ilustre, mas nunca teve o mesmo reconhecimento artístico.

floresceu enormemente, sobretudo após conhecer a atriz Eugênia Câmara, com quem teve uma longa e turbulenta relação. Castro Alves escreveu para ela o drama *Gonzaga ou A Revolução de Minas* primeiro encenado em Salvador – para onde ele voltou devido à morte do pai – e depois em São Paulo, para onde se transferiu após rápida passagem pela Corte, como então era chamada a cidade do Rio de Janeiro. Na capital do império, estreitou relações com o romancista José de Alencar, que, impressionado com a precocidade artística e dramatúrgica de Castro Alves, o encaminhou para um contato com Machado de Assis, através de uma carta que se revelaria uma das peças da maior consagração literária que um autor poderia receber em vida.

A passagem de Castro Alves pela cidade de São Paulo, no apagar das luzes da década de 1860, seria a última do poeta baiano. Ele, que foi na vã tentativa de concluir o curso na Faculdade de Direito do Largo de São Francisco, acabou se deixando envolver, de forma ainda mais intensa e rebelde, nas atividades culturais e tertúlias poético-literárias. Foi nessa fase, entre 1868 e 1869, que Alves intensificou a escrita de diversos poemas que marcariam definitivamente sua carreira lírica – nesse caso, como um dos poetas românticos dos mais originais da literatura brasileira.

Tornou-se cada vez mais expansivo na sua exaltação, pregando com toda a sua força criativa, altamente inspirado e confessadamente doloroso. Seus poemas chegam a ser chorosos. Isso talvez se explique com a proximidade temporal do rompimento amoroso com Eugênia Câmara, que, num rompante de ódio talvez, "atirou-lhe a porta à cara"[10]. Essa desfeita se tornou a gota d'água na sorte do poeta. Nos últimos anos, Castro Alves vinha sofrendo reveses poderosos em sua vida: desde a orfandade – perdera cedo a mãe e o pai, além do irmão, preso à desvairada loucura – até a situação financeira sempre precária, enfrentada praticamente sozinho, além da tuberculose. Alves tinha na atriz Eugênia Câmara, certamente, mais do que amante e parceira da cena poética, por isso o rompimento amoroso transtornou o poeta.

Se antes era pouco afeito à prática estudantil, faltando a aulas em seguida, com o término, ele se entregou de todo à absorção da dor da perda da amada. Passava dias absorto, fumando, sem leitura, sem escrita, apenas saindo de casa para passeios aleató-

---

10 AZEVEDO, Vicente de. *O poeta da liberdade*. São Paulo: Clube do Livro, 1971. p. 112.

rios. Foi exatamente num desses passeios, numa inventiva caça "pelos subúrbios" da capital paulistana, que acidentalmente ele se feriu com um tiro de espingarda no pé. A partir daí, o poeta baiano passou a viver uma via dolorosa. A gravidade da ferida foi atestada por vários especialistas. Não havia outro caminho: fazia-se necessário amputar o membro calcinado. Foi assim que ele, sozinho, voltou para o Rio de Janeiro, a mesma cidade onde fora consagrado pelas penas de José de Alencar e Machado de Assis. Foi morar praticamente de favor, embora seus amigos sejam muitos. Retornava com as forças exauridas, com o peito ainda mais doente das seguidas hemoptises sofridas. Seria operado do pé. Não tinha jeito.

A operação era deveras delicada: o médico, Mateus de Andrade, o mesmo que operara havia pouco o coronel Fortunato

José de Carvalho, de quem extirpou a "metade inferior da língua" era considerado "habilíssimo e ilustrado", e um dos "maiores ornamentos da medicina brasileira", segundo os jornais da época.

Em Castro Alves, que chegou ao Rio completamente desenganado, com febre e tísico, a operação foi feita à base de serrote, mas sem qualquer anestesia, já que o doente, tuberculoso, não podia tomar "clorofórmio", o tal antibiótico para aliviar dor. Teve como lenitivo apenas "um lenço para morder". Segundo relatos, o poeta, para disfarçar o sofrimento, com certo humor, chegou a dizer para o cirurgião: "Corte-o, corte-o, doutor... Ficarei com menos matéria que o resto da humanidade."

Castro Alves é da chamada terceira geração romântica brasileira. Pode-se dizer que, depois dele, raramente outro poeta teve melhor desempenho ou envergadura. Ao contrário dos demais, Castro deixa uma marca por falar uma poesia de “voos mais altos”. Traz, ainda, uma poesia totalmente indignada, para levantar plateias, para o grande público. Mas – não nos enganemos – não era apenas uma poesia declamatória; era altamente política, panfletária, aguerrida e denunciativa. Trata-se de um poeta abolicionista no sentido amplo da palavra. Referindo-se a ele, acertadamente, já se disse: “Se Álvares de Azevedo foi ‘o poeta da morte’; se Gonçalves Dias foi o ‘poeta do índio’; se este ou aquele foi isto ou aquilo, Castro Alves foi, sem dúvida, o ‘poeta dos escravos’.”[11]

Castro falava para as massas, incluindo o povo preto, certamente. Assim como Luís Gama falaria, também por esses meios, da tribuna jurídica; André Rebouças, da planta

---

11 LAJOLO, Marisa; CAMPEDELLI, Samira. *Castro Alves*. São Paulo: Abril, 1980. p. 101.

de engenharia; e, por último, José do Patrocínio, da redação dos seus jornais – os quatro mobilizando a todos pelo fim da escravidão no Brasil.

Se vivo fosse, a 13 de maio de 1888, Castro Alves estaria nessa grande fileira dos homens ilustres a serem exaltados pelo povo. Mas, assim como Luís Gama, outro baiano de primeira hora, Alves morreu na flor dos anos e no início da luta abolicionista.

A precocidade dos seus versos e escritos e a garra com que ele denunciou a escravidão fizeram com que seu nome seja ainda hoje lembrado de forma altiva e presente. Em "O navio negreiro", esse longo poema que compõe o livro *Os escravos*, traz estrofes que até hoje repercutem pela contundência e pelo lirismo emprestado à tragédia:

> Era um sonho dantesco... o tombadilho,
> Que das luzernas avermelha o brilho,

Em sangue a se banhar.
Tinir de ferros... estalar de açoite...
Legiões de homens negros como a noite,
Horrendos a dançar...

Negras mulheres suspendendo às tetas
Magras crianças, cujas bocas pretas
Rega o sangue das mães:
Outras, moças, mas nuas e espantadas,
No turbilhão de espectros arrastadas,
Em ânsias e mágoas vãs

Castro Alves morreu em Salvador, Bahia, em 1871, em consequência do "mal do século", a tuberculose, e dos padecimentos da amputação do pé. Rapidamente, seu legado de lutador pela liberdade ganhou o país, devido a seu grande talento, mas também à dor da perda e ao drama da sua vida, curta e promissora. O poeta morreu no ano da assinatura da Lei do Ventre Livre, meses antes de sua promulgação no país[12]. É provável que tenha tido notícias da sua tramitação nas Casas Legislativas, discussão iniciada desde o começo do ano. Seus padecimentos de saúde, cada vez mais agravados, faziam o poeta baiano ficar prostrado no leito, quando muito tendo sua cama conduzida para a sala do Solar do Sodré, onde morreu no dia 6 de julho, na flor da idade, e com muito ainda para dar à literatura e à poesia brasileiras.

Ainda deu à luz o livro *Espumas flutuantes*, publicado em 1870. Era o último refúgio da "pomba forasteira". O título do livro foi inspirado na travessia da Baía de Guanabara, no Rio de Janeiro, para o Porto de Salvador, na Bahia. E, na dedicatória que fez, além de lembrar as sentidas mortes da mãe,

12 A Lei do Ventre Livre, também conhecida como Lei Rio Branco, foi apresentada à Câmara dos Deputados em 12 de maio de 1871, sendo promulgada em 28 de setembro do mesmo ano. A fim de limitar a duração da escravidão no Brasil imperial, a lei propunha, a partir da data de sua promulgação, a concessão da alforria às crianças nascidas de mulheres escravizadas no Império do Brasil.

do pai e do irmão mais velho, seu companheiro de muitas viagens, escreveu estes versos[13] em terras baianas:

> A pomba d'aliança o voo espraia
> Na superfície azul do mar imenso,
> Rente... rente da espuma já desmaia
> Medindo a curva do horizonte extenso...
> Mas um disco se avista ao longe... A praia
> Rasga nitente o nevoeiro denso!...
> Ó pouso! ó monte! ó ramo de oliveira!
> Ninho amigo da pomba forasteira!...

REFERÊNCIAS

AZEVEDO, Vicente de. *O poeta da liberdade.* São Paulo: Clube do Livro, 1971.

DIANNA, Eduardo Matheus de Souza. Salvador em revolta: alguns olhares para revolta islâmica na Bahia em 1835. *Trilhas de História,* Três Lagoas, v. 5, n. 10, p. 145-161, jan./jun. 2016.

LAJOLO, Marisa; CAMPEDELLI, Samira. *Castro Alves*. São Paulo: Abril, 1980.

---

13 LAJOLO, Marisa; CAMPEDELLI, Samira. *Castro Alves*. São Paulo: Abril, 1980. p. 9.

PEIXOTO, Afrânio. *Castro Alves*. 2. ed. São Paulo: Companhia Editora Nacional, 1942.

RECLUS, Élisée. *Estados Unidos do Brasil*. Tradução: B.-F. Ramiz Galvão. Rio de Janeiro: H. Garnier, 1900F.

REIS, João José. *Rebelião escrava no Brasil*. São Paulo: Companhia das Letras, 2003.

Tom Farias é carioca, jornalista, escritor e crítico literário. Tem quinze livros publicados, entre ensaios, romances e biografias, e já conquistou vários prêmios, dentre os quais o da Academia Brasileira de Letras. Ainda, foi duas vezes finalista do Prêmio Jabuti, um dos mais prestigiados do país. É colaborador do jornal *O Globo* e colunista semanal da *Folha de S.Paulo*. É autor de *Carolina, uma biografia* e do romance *A bolha*.

Vozes de indignação

por Monica Lima

"O navio negreiro", de Castro Alves, vem marcando, ao longo de muitas gerações brasileiras, a percepção sobre a história do tráfico de africanos escravizados. É digno de nota que um poema que descreve cenas tão trágicas, cortando-as com exclamações de indignação e súplicas por uma tomada de consciência e atitude diante da dor dos escravizados, tenha constituído uma das bases da memória nacional sobre a escravidão, ao menos para parte da sociedade brasileira. E vivemos num país marcado pelo racismo, e custamos a querer assumir o ônus desse passado.

É como se, por esse poema, pudéssemos reconhecer, conscientemente ou não, que temos uma história de sofrimento, desumanidade, violência e injustiça. Trata-se de um *passado presente*, no exato entendimento dado pelas historiadoras Hebe Mattos, Keila Grinberg e Martha Abreu[1]. Também é um passado sensível[2], como o Cais do Valongo, lugar de memória do tráfico escravista reconhecido como Patrimônio Mundial. Alves nos lembra disso o tempo todo em "O navio negreiro". É um poema feito para comover, causar indignação, provocar reações, no sentido de pôr fim a toda aquela tragédia. Uma tragédia cujos desdobramentos se estendem aos nossos dias. Somos um país cujo povo se orgulha da sua alegria e capacidade de resistir, e isso é verdade – mas não é toda a história.

---

1 As pesquisadoras coordenam o projeto homônimo Passados Presentes, dedicado à memória da escravidão no Brasil. Disponível em: http://passadospresentes.com.br/site/Site/index.php. Acesso em: 26 jan. 2022. | 2 LIMA, Monica. História, patrimônio e memória sensível: o Cais do Valongo no Rio de Janeiro. *Outros Tempos*, São Luís, v. 15, n. 26, p. 98-111, 208.

O poema veio a público durante a campanha abolicionista e já após a proibição do tráfico de africanos escravizados para o Brasil, que se tornou efetiva a partir dos anos 1850. Castro Alves expôs a injustiça da escravidão, descrevendo a experiência da travessia atlântica pelos cativos, e a pintou com cores fortes, como o vermelho do sangue no convés sobre as peles pretas. Ainda assim, não atingiu o chamado *infame comércio*[3], desenvolvido por ricos comerciantes brasileiros que haviam estabelecido, na expressão do historiador Luiz Felipe de Alencastro, um *pacto de sequestradores*[4] com os governan-

---

3 Termo de época que se refere ao tráfico escravista no período da campanha contrária à atividade, e que nomeia livro fundamental para o tema: RODRIGUES, Jaime. *O infame comércio*. Campinas: Editora Unicamp, 2005. | 4 A expressão é usada no parecer que Luiz Felipe de Alencastro elaborou para subsidiar a discussão sobre cotas no Supremo Tribunal Federal.

tes do país. Esse pacto tornou possível o desembarque de cerca de 750 mil africanos nos porões dos navios, mesmo depois da lei de novembro de 1831.

Em "O navio negreiro", o poeta atingiu em cheio a escravidão, que ainda existia na legalidade, mas era atravessada pela ilegalidade da recente e intensa participação brasileira no comércio atlântico escravista. Ao denunciar a infâmia de uma prática que, de fato, já não existia no país, fez lembrar o quanto era recente esse horror que havia gerado o sistema de exploração com o qual ainda convivia a sociedade, e que as leis brasileiras permitiam.

Com a força de suas palavras e exclamações, Castro Alves, um homem branco do seu tempo e lugar de privilégio, soube traduzir a dor da escravidão. Embora o tivesse feito do ponto de vista de um espectador, não deixou de lado a comoção e a revolta com a injustiça. É como se contemplasse toda aquela violência e pudesse perceber cada detalhe do padecimento e da agonia que os escravizados viviam e, por tal, a denúncia fosse imperiosa. Assim, descreveu, aos que escutavam e liam, a tortura que era parte da escravidão, e o fez tal como via, tal como sabia – não por experiência, e sim por testemunho. Teriam sido outras as narrativas dos que sofriam diretamente?

"Seus horrores, ah! quem pode descrever? [...] Oh! amigos da humanidade, tenham piedade do pobre africano, alijado e afastado de seus amigos e de seu lar, ao ser vendido e depositado no porão de um navio negreiro."[5] Assim começa o trecho de um relato único sobre a experiência no navio negreiro. No

---

5 BAQUAQUA, Mahommah G. Biografia de Mahommah G. Baquaqua. Apresentação: Silvia Hunold Lara. Tradução: Sonia Nussenzweig. *Revista Brasileira de História*, São Paulo, v. 8, n. 16, p. 272, 1988.

começo dos anos 1850, Mahommah Gardo Baquaqua, nativo de Djougou, no atual Benin, narrou, a um bispo abolicionista inglês, a história de sua captura, escravização e transporte para o Brasil no porão de um navio negreiro, bem como sua vida como escravizado. Seu relato, cuja escrita foi mediada pelo religioso Samuel Moore, escancarou os horrores da experiência da travessia num tumbeiro. Trata-se de um dos únicos testemunhos conhecidos, escrito em primeira pessoa, de um cativo africano trazido para o Brasil na longa história do tráfico escravista. A autobiografia de Baquaqua serviu, em seu tempo, como um documento de apoio à luta contra a escravidão, circulando nos países de língua inglesa. Porém, só chegou ao Brasil mais de um século depois.

Baquaqua descreveu em detalhes seu sofrimento e condenou seus algozes, expondo com dureza o exercício, por parte dos senhores, do poder sobre o corpo do escravizado. Assim como na poesia de Castro Alves, na experiência do autobiógrafo, esses senhores que o castigam demonstram se sentir no direito de praticar a tortura e são protegidos por leis e autoridades que legitimam seus atos cruéis. Diferentemente do poeta, Baquaqua desnudou sua fragilidade diante do sofrimento e confessou as estratégias, nem sempre nobres, que encontrou para enfrentar a dor. O relato é comovente, e ele o desenvolve em diálogo com um público do qual espera compaixão, solidariedade e coerência com o que chama de "espírito cristão". Já os africanos de Alves são idealizados, são vítimas que sofrem e eventualmente reagem, mas pouco dos caminhos para a liberdade que constroem é trazido pelo poeta. Produzidos num mesmo tempo, mas em espaços e condições muito distintos, tanto a autobiografia como o poema serviriam de libelos contra a escravidão.

O Brasil foi o país que, por mais tempo e em maior dimensão demográfica, recebeu escravizados na história da humanidade. Em nenhum outro lugar que, mais tarde, tenha constituído território nacional, foram desembarcados tantos africanos em situação de cativeiro. A título de comparação, nosso país recebeu dez vezes mais escravizados que os Estados Unidos, onde hoje se consegue perceber afrodescendentes em posições de maior visibilidade do que aqui. E somos o país com a maior população de origem africana fora da África.

Aproximadamente metade dos quase onze milhões de africanos desembarcados nas Américas foi transportada em porões de navios brasileiros ou luso-brasileiros, e os portos do Rio de Janeiro e de Salvador figuram entre os mais importantes locais nos quais se organizavam as viagens escravagistas, além de serem os principais portos de desembarque[6]. A escravidão se sustentou e alcançou suas dimensões expressivas na vida social do país principalmente por meio do tráfico escravista até pelo menos 1850, quando se deu a proibição que enfim extinguiu o infame comércio. A interrupção do tráfico não apenas cessou a travessia e o desembarque de cativos, como reduziu sensivelmente, nos anos que se seguiram, o contato com o continente africano.

Os navios do tráfico também funcionavam como correios e embaixadas, transportando gente da África que não fora escravizada. Diversas pessoas iam e vinham

---

6 Esses números constam na base internacional de dados sobre o tráfico Slave Voyages e são citados por REIS, João José; SILVA JR., Carlos da (org.). *Atlântico de dor*. Belo Horizonte: Editora UFRB; Fino Traço, 2016. p. 16.

em viagens constantes, de uma margem a outra do oceano. Chefes africanos mandaram seus filhos para viver no Brasil, a fim de aprender o idioma e fazer contatos. Outros exilaram, por meio do tráfico, os que desejavam afastar de seu território de domínio. Especialmente a partir do fim do século XVIII, famílias se dividiram entre cidades brasileiras e africanas, mantendo-se articuladas. Sacerdotes de religiões de matriz africana, mesmo na vigência da escravidão, cruzaram o oceano para fortalecer laços com seus maiores na África e voltaram ao Brasil para seguir em sua função.

O que acontecia na África poderia, portanto, chegar como notícia ao Brasil, alcançando as ruas das nossas cidades negras, bem como as senzalas e os quilombos. O que se passava nas Américas da diáspora negra também. Assim foi com as notícias do Haiti rebelde, por isso a Casa-Grande temia o exemplo quilombola e as conexões possíveis entre os escravizados e os libertos. Os africanos e seus descendentes faziam tremer as bases da mesma sociedade que os trouxera para construir o país. Ao mesmo tempo, traziam grandes aportes civilizatórios, transformavam o Brasil e se transformavam nele.

Sem dúvida, "O navio negreiro" se tornou um poema-símbolo do movimento abolicionista no Brasil, que deu continuidade às campanhas pelo fim do tráfico escravista transoceânico. Quase sempre, a campanha internacional de combate ao tráfico e a pressão sobre as autoridades brasileiras se devem aos ingleses. Invariavelmente, essa pressão esteve associada aos interesses econômicos dos britânicos em extinguir a escravidão para que, tendo ex-escravizados como potenciais consumidores, surgisse um mercado de produtos industrializados. Isso explica as ações inglesas direcionadas, desde o início do século XIX, à proibição do tráfico escravista e à abolição, embora a análise desse fenômeno acabe ignorando outros espaços de interesse e sujeitos históricos envolvidos.

Esse argumento, no entanto, não resiste à mais simples constatação: o ex-escravizado, uma vez abolida a escravidão, não se tornou, via de regra, um assalariado e um potencial consumidor. A transição que se dá ao longo do século XIX não leva essa população ao trabalho remunerado. Especialmente em relação às populações rurais, isso tarda muito em ocorrer, quase sempre gerações após a assinatura da Lei Áurea. O que se seguiu à libertação, sobretudo no campo, costumava ser uma negociação sobre o uso da terra e a possibilidade de permanecer no local ou de ficar com parte da própria produção em troca de trabalho. Na maioria das vezes, nem se colocava em questão o pagamento em moeda.

Outro ponto a considerar, e que a historiografia das últimas décadas tem levantado, é que, mesmo antes da abolição, o ex-escravizado poderia ser um consumidor. Dependendo do caso, ele podia adquirir, por troca ou serviço, produtos de seu interesse e eventualmente encomendava mercadorias aos negociantes, pagando com o que recebia por seu trabalho – e, muitas vezes, o escravizado que estava nos serviços de ganho nas áreas urbanas conseguia reunir um pouco de dinheiro para também consumir.

Voltando à Inglaterra, no que diz respeito ao abolicionismo e às suas razões, não podemos deixar de lado a forte influência de um pensamento de base religiosa, fruto de movimentos protestantes que, desde o século XVIII, se tornaram verdadeiros grupos de pressão sobre o Parlamento inglês no que se refere à crítica à participação britânica no tráfico escravista e na manutenção da escravidão. Na historiografia mais recente sobre o abolicionismo, esse aspecto recebe muito destaque. Vale lembrar que, mesmo reconhecendo a importância dos fatores econômicos, não há como lhes atribuir esse peso sem considerar outros fatores igualmente fundamentais. E acrescente-se outro aspecto de relevância: no Parlamento britânico, ocorreram disputas políticas entre grupos e partidos que tinham o fim do escravismo como grande questão em debate.

Desde o início do século XIX, os ingleses estavam agindo em função de novos objetivos internacionais: assenhorearem-se de partes do território africano, fundando colônias. Data dessa época a fundação da colônia britânica em Freetown, em Serra Leoa, bem como as muitas expedições desbravadoras organizadas por sociedades geográficas e financiadas por grandes negociantes. Os novos interesses britânicos desenhavam outras cartografias políticas: a nova meta era, por um lado, manter os africanos na África, para encontrar novas formas de explorar o seu trabalho e obter exclusividades no comércio dos produtos que o continente poderia oferecer; por outro, enfraquecer os grupos tradicionalmente ligados ao tráfico escravista, que, com seu poder e sua riqueza, poderiam fazer frente ao domínio estrangeiro. Para tratar o tema sob essa perspectiva mais ampliada e mais completa, é necessário incluir a África como um dado fundamental nessa história.

Os escravizados trazidos pelas embarcações do infame comércio não nasciam nos barcos. O processo de escravização começava nas terríveis experiências de captura, seguidas por longas caminhadas às regiões costeiras da África, até o encarceramento e a travessia. A intensificação das revoltas, as tentativas de fuga e os motins que acompanhariam o cativeiro transatlântico, bem como os contextos nos locais de produção desses cativos, certamente tiveram relação com a abolição. Há que perguntar se o que acontecia com a África naqueles tempos também podia contribuir para a melhor compreensão das campanhas pelo fim do tráfico e da escravidão.

No Brasil, pouco conhecemos os estudos das formas de luta contra o tráfico escravista empreendidas em territórios africanos. O historiador beninense Elisée Soumonni desenvolveu uma importante pesquisa sobre as estratégias das povoações em torno do Lago Nokoué, no sul do Benin, perto do ativo porto escravista de Uidá, muito conectado ao de Salvador. Nessas localidades africanas, onde o meio favorecia o refúgio, o povo Tofinu criou defesas contra o tráfico, transferindo suas aldeias para áreas de difícil acesso. Sylviane Diouf, historiadora de origem senegalesa, investigou a maneira pela qual famílias de regiões costeiras da África Ocidental buscavam meios de comprar a liberdade de parentes e amigos próximos que já haviam sido capturados e estavam nos navios escravistas. Rebeliões antiescravistas surgiram em diversas áreas, como na Alta Guiné, entre fins do século XVIII e início do XIX, nas quais se afirmava "uma devoção à ideia de liberdade a qualquer preço", segundo Ismail Rashid[7].

Nas regiões africanas antes ligadas às Américas pelas conexões atlânticas, a transição do tráfico escravista para o cha-

---

7 Essas pesquisas constam em DIOUF, Sylviane A. (ed.). *Fighting the Slave Trade*. Athens: Ohio University Press, 2003.

mado "comércio lícito" foi marcada por movimentos de resistência ao crescimento das demandas escravistas e por inúmeras disputas de poder causadas pelo interesse no controle das rotas e dos mercados internos voltados para a costa. Esses movimentos tanto conduziram à captura de mais africanos quanto geraram situações que dificultaram essa oferta. E o contato cada vez mais estreito e constante entre as populações das cidades afro-atlânticas dos dois lados do oceano fez com que as informações, as ideias e os conflitos tivessem imediata repercussão. Gente que vai e vem nas embarcações, contribuindo para a circulação de notícias e projetos, leva grupos dominantes a temer essa proximidade – e isso vale também para as Américas negras. Para alguns desses grupos, a abolição da escravidão significou afastar o medo de uma sublevação negra antiescravista generalizada, alimentado pela história ocorrida no Haiti e pelas várias notícias de ações rebeldes nas Américas e na África.

"O navio negreiro" é um daqueles textos para ler em voz alta, sem poupar emoção ou engajamento. É um documento histórico, uma obra literária, uma referência. Toda e qualquer limitação que puder ser observada e sinalizada não anula seu caráter de protesto contra a violência e a desumanização da escravidão. Castro Alves não foi o único em seu tempo a usar as letras na luta antiescravista. Também o fizeram, e com muita força, os literatos negros do século[8], como Maria Firmina dos Reis, com seu romance aboli-

8 PINTO, Ana Flávia Magalhães. *Escritos de liberdade*. Campinas: Editora Unicamp, 2018.

cionista *Úrsula*. No entanto, o jovem baiano, por suas circunstâncias pessoais e familiares, seu talento e sua ousadia, ocupou os salões dos teatros e as salas frequentados pela chamada "boa sociedade", para declamar sua indignação em alto e bom som. Os ecos de sua voz chegam até nossos dias, se multiplicam, são apropriados e transformados, inclusive por aqueles que descendem da história à qual se referia. Seja na canção de O Rappa[9], seja na história viva das ruas deste país, ainda se assiste a sonhos dantescos. O silêncio não é uma saída. Ao contrário, trata-se de reverberar vozes de indignação, como foi a de Castro Alves em seu tempo.

---

9 "Todo camburão tem um pouco de navio negreiro". Disponível em: https://youtu.be/kVmOD1CtcPM. Acesso em: 26 jan. 2022.

REFERÊNCIAS

ALENCASTRO, Luiz Felipe de. Cotas: parecer de Luiz Felipe de Alencastro. *Fundação Perseu Abramo*, 24 mar. 2010. Disponível em: https://fpabramo.org.br/2010/03/24/cotas-parecer-de-luis-felipe-de-alencastro/. Acesso em: 26 jan. 2022.

BAQUAQUA, Mahommah G. Biografia de Mahommah G. Baquaqua. Apresentação: Silvia Hunold Lara. Tradução: Sonia Nussenzweig. *Revista Brasileira de História*, São Paulo, v. 8, n. 16, p. 269-284, 1988.

COSTA, Carlos Eduardo Coutinho da. Migrações negras no pós-abolição no Sudeste cafeeiro (1888-1940). *Topoi*, Rio de Janeiro, v. 16, n. 30, p. 101-126, jan./jun. 2015.

DIOUF, Sylviane A. (ed.). *Fighting the Slave Trade*. Athens: Ohio University Press, 2003.

LIMA, Monica. História, patrimônio e memória sensível: o Cais do Valongo no Rio de Janeiro. *Outros Tempos*, São Luís, v. 15, n. 26, p. 98-111, 2018.

MATTOS, Hebe; ABREU, Martha; GURAN, Milton (org.). *Inventário dos lugares de memória do tráfico atlântico de escravos e da história dos africanos escravizados no Brasil*. Niterói: Programa de Pós-Graduação em História da Universidade Federal Fluminense, 2014.

PINTO, Ana Flávia Magalhães. *Escritos de liberdade*. Campinas: Editora Unicamp, 2018.

REIS, João José; SILVA JR., Carlos da (org.). *Atlântico de dor*. Belo Horizonte: Editora UFRB; Fino Traço, 2016.

RODRIGUES, Jaime. *O infame comércio*. Campinas: Editora Unicamp, 2005.

Monica Lima é professora de História da África e coordenadora do Laboratório de Estudos Africanos (LEÁFRICA) do Instituto de História da Universidade Federal do Rio de Janeiro (UFRJ).

Dados Internacionais de Catalogação na Publicação (CIP)

A474n

Alves, Castro

O navio negreiro e outros poemas / Castro Alves ; ilustrações por Mulambö. – Rio de Janeiro : Antofágica, 2022.

256 p. : il. ; 12 x 18 cm

Textos complementares por Pétala e Isa Souza, Luiz Henrique Oliveira, Elisa Lucinda, Monica Lima e Tom Farias

ISBN: 978-65-86490-49-7

1. Literatura brasileira. I. Mulambö. II. Título.

CDD: 869.3 CDU: 821.134.3 (81)

André Queiroz – CRB 4/2242

Antofágica
prefeitura@antofagica.com.br
facebook.com/antofagica
instagram.com/antofagica
Rio de Janeiro — RJ

1ª edição, finalizada em meio à pandemia, em 2022.

LEVANTAI-VOS, HERÓIS DE ANTOFÁGICA!

*Se, nesta edição, as palavras saltam como espumas de ouro,
saiba que é graças às fontes Botanique e Exchange, impressas
em papel Pólen 80g pela Ipsis, em fevereiro de 2022.*